Wat doen we met Fred?

Van Tineke Beishuizen verscheen eveneens
bij De Arbeiderspers:

Als zand door mijn vingers

Tineke Beishuizen

Wat doen we met Fred?

LITERAIRE THRILLER

UITGEVERIJ DE ARBEIDERSPERS
AMSTERDAM · ANTWERPEN

Omslagontwerp: Marjo Starink
Omslagillustratie: Getty Images

ISBN 90 295 6362 1 / NUR 301
www.arbeiderspers.nl

Niets bestaat dat niet iets anders aanraakt.

Jeroen Brouwers, *Bezonken rood*

I

'Weet jij nog hoe oud ik ben?'

Vera drukte me tegen de muur van de monumentale hal. Ik was nauwelijks binnen.

Ze rook overweldigend naar wijn, haar ogen stonden een beetje wazig, over haar gezicht lag een roze gloed.

'Jezus Veer, hoe moet ik dat nou weten.'

Ik wendde mijn hoofd een beetje af. Ik heb het niet zo op drankadem in mijn gezicht. Maar ze hield aan.

'Natuurlijk weet je het, ik heb het toch zelf tegen je gezegd.'

'Dan weet jij het toch ook.'

'Toe nou Tess. Je weet dat ik een rot geheugen heb, denk nou even na. Straks gaan ze klinken op mijn verjaardag, en je zal zien dat Carolien over mijn leeftijd begint. Ze zit er altijd naar te vissen. En reken maar dat zij het onthouden heeft...!'

'Zeg het dan gewoon, dan ben je er voortaan van af.'

Ik zag de wanhoop op haar gezicht. Mijn schoolvriendin van lang geleden. Woonde in haar eentje in een kast van een huis in Wassenaar en stond bijna te

7

huilen omdat ze niet meer wist wat ze over haar leeftijd gelogen had. We waren overigens even oud, achtendertig om precies te zijn.

'Zesendertig, was het niet zoiets?'

'Wat heb ik nou aan "zoiets". Ik moet het gewoon
weten.'

Uit de serre klonk druk gepraat en gelach, rook
dreef vanuit de openstaande kamerdeur met de tocht
langs ons heen de voordeur uit.

'Vera, kom je nog, we hebben iets voor je.'

Ik herkende de stem van Carolien.

'Verdomme,' siste Vera verhit. 'Wat moet ik nou?'

'Hebben ze al veel op?'

'Wat heeft dát er nou mee te maken. Ik denk het
wel, ze zijn hier al een uur. Waarom ben jij trouwens
zo laat?'

'Als ze net zoveel op hebben als jij onthoudt niemand wat je zegt. Maak er achtendertig van, voor alle
zekerheid.'

'Dan ben ik bijna veertig...?' Het afgrijzen in haar
stem was oprecht.

'Dat ben je toch ook. En mag ik nou alsjeblieft naar
binnen?'

'Dat ben ik niet.' Veer kon pruilen als een school-
meisje.

Ze sjokte achter me aan de marmeren gang in.

De kapstok puilde uit van de jassen. Allemaal van
Veer. De regenjassen van haar gasten lagen op de trap.
Het rugzakje van Minka was omgevallen, ik stapte er-
overheen, maar Vera zette haar voet erop. Er kraakte

iets, alsof er een doos eieren in zat.

'Shit!'

'Haal dan tenminste je voet eraf!'

'Wat moet ik nou zeggen?' Weer die verschrikte kinderblik.

'Niks. Hoe kan ze nou weten dat jij erop hebt gestaan?'

'Over m'n leeftijd natuurlijk!'

Ik gaf geen antwoord en liep voor haar uit de kamer in.

Ze hadden, te oordelen naar de herrie die ze maakten, al heel wat van Vera's chablis gedronken. Minka, Carolien en Noor. Alle drie vrouwen met genoeg tijd om overdag op verjaarsbezoek te gaan. Wat Minka betrof met een zekere handicap. Ze kwam wel, maar moest op tijd weg om haar tweeling van school te halen. Ik heb haar wat keren zien fietsen, kinderzitje aan het stuur, kinderzitje op de bagagedrager. Haar gezicht knalrood van inspanning. En later als een hysterische kloek, met twee identieke jongetjes op dezelfde fietsjes die ze voor de wielen van meedogenloze automobilisten probeerde weg te houden.

Een auto zat er voor haar niet in. Als juriste bij een advocatenkantoor had ze meer dan Roel verdiend, die als touroperator de halve wereld af reisde, en het betekende een flinke dip in hun inkomsten toen ze stopte met werken. Ze zat er totaal niet mee. Ze had zo lang op die kinderen moeten wachten dat ze er niet over peinsde ze uit handen te geven.

We waren bevriend geraakt in de wachtkamer van onze gynaecoloog, tijdens een lange weg die voor mij dood liep.

De jaloezie die mij verteerde terwijl ik haar groeiende buik zag, was allang verdwenen, maar ik had er nog steeds moeite mee dat zij had gekregen wat ik zo innig wenste, en dat maakte onze relatie wat ongemakkelijk.

Ik gaf haar de verplichte drie zoenen in de lucht en informeerde naar de jongetjes.

'Prima,' zei ze en keek van me weg.

Carolien zat naast haar. Parttime docent op een middelbare school, waar ze in de onderbouw vmbo Nederlands geeft. Volgens haar ben je beter af als je probeert hamsters door een brandende hoepel te laten springen.

Ze had haar knieën over elkaar geslagen, rok opgetrokken tot halverwege haar dijen. Ze had prachtige benen, en dat wist ze. Zolang het niet dertig graden onder nul was, zou je haar niet in een lange broek zien.

In een van haar zeldzame buien van openhartigheid had ze verteld dat Fred een benenman was. Borsten deden hem niks, maar van een goed stel benen kon hij spontaan een erectie krijgen. Die Fred toch! Groot gelijk dat Carolien haar beste item in de strijd wierp.

'Wat ben je laat!' zei ze, toen ik mij naar haar overboog.

'Ik moest nog iets mailen,' mompelde ik.

Ik stapte over haar benen en belandde bij Noor, een

bescheiden Dolce & Gabbana-jurkje en nauwelijks opgemaakt. Ze maakte een gebaar naar de plaats naast zich, en hoewel ik liever naast Vera was gaan zitten, liet ik mij gehoorzaam op de stoel zakken.

Noor is de meest succesvolle van ons allemaal, daar kan niemand omheen. Ze is getrouwd met een rijke man, die ze regelmatig op exotische zakenreizen vergezelt, en evengoed is hij vaak genoeg weg om haar de gelegenheid te geven er minnaars op na te houden.

Zelfs als je niets om auto's geeft, moet je toegeven dat haar Jag cabrio het mooiste is wat er op vier wielen rondrijdt, en haar garderobe is navenant.

Mijn aanwezigheid maakte het clubje compleet.

'De schrijfster' noemen ze mij soms pesterig, en afhankelijk van mijn stemming vleit of frustreert mij dat.

Wat ik in feite ben is freelance medewerker van een reclamebureautje dat folders maakt voor onder meer supermarkten.

Ik droom er al jaren van een boek te schrijven dat alle verkooprecords breekt. Dan Brown maar dan goed geschreven. Donna Tart maar boeiender. Ludlum maar spannender. Nicci French maar niet zo soft. Ik ben ervan overtuigd dat de meeste bestsellerschrijvers onterecht succes hebben. Ik kan het beter, en dat zal ik op een dag bewijzen ook. Totdat het zover is breng ik met verve en gevoel aanbiedingen aan de man. Twee voor de prijs van één. Drie halen, twee betalen. Komt zien en verdien.

Ik heb afgeleerd humor in mijn teksten te verwerken nadat het vorige reclamebureau waarvoor ik werkte per ongeluk mijn melige slogan 'Extra softe keukenrol voor de kamerbrede reet' had geplaatst. Het kostte hun een opdrachtgever, en mij ook.

Het is bizar dat je je leven kunt vullen met steeds hetzelfde gesprek met steeds dezelfde mensen. Als zich af en toe de onwelkome gedachte opdrong dat ik mijn tijd behoorlijk aan het verklooien was, stond er altijd wel een gevuld glas in de buurt of een schaal met hapjes die ik beter zou kunnen laten staan.

Op Veers verjaardag stonden er schalen vol dadels gevuld met roomkaas en noten op de lage perspex tafel, en olijven gevuld met teentjes knoflook en stukjes zongedroogde tomaat. Daarna zou er ongetwijfeld een lauwwarme quiche tevoorschijn getoverd worden, topkwaliteit, en gehaald bij de traiteur.

Er was een tijd waarin wij probeerden elkaar af te troeven met ingewikkelde, zelfgemaakte hapjes, maar niemand had er echt aardigheid in, en de een na de ander schakelde over op dure flauwekul van goeden huize.

Vera duwde me een glas witte wijn in de hand.

'We hebben op je gewacht,' zei Carolien iets te nadrukkelijk.

Achter haar rug trok Noor snel een gezicht, ik probeerde een glimlach te onderdrukken, wat niet goed lukte want ik zag aan Carolien dat ze het in de gaten had. Ze zag altijd alles.

Ze reikte naast haar stoel, en haalde een in glanzend goudpapier gewikkeld pakje tevoorschijn, met een grote strik erop.

Ze hief haar glas naar Veer. 'Schat, laten we klinken op je verjaardag. Je hoeveelste eigenlijk...?' Veer verschoot van kleur. 'Ja Veer,' zei ik snel, 'nog heel veel jaren.'

We klonken en dronken en aten, de kamer gonsde van onze steeds drukker pratende stemmen, onze wangen kregen nog meer blos. Niemand van ons had ook maar het flauwste vermoeden dat dit onze laatste verjaardagsbijeenkomst zou zijn.

Uren later arriveerde ik in mijn appartement, gelegen in een aanmerkelijk minder chique Haagse wijk.

Pé zat met z'n ellebogen op tafel en een glas bier ernaast de NRC te lezen.

Ik zoende hem in z'n nek. Z'n huid was een beetje valig, er was een rij rimpeltjes in geëtst. Ik vroeg me af of hij zich daar wel eens met zeep waste. Trouwens, deed ik dat zelf eigenlijk wel? 'Heb je de hond al uitgelaten?' vroeg ik zonder veel hoop.

'Natuurlijk niet,' zei hij zonder van de krant op te kijken.

Hij had gelijk, overdag loop ik altijd met de hond, maar soms bof ik, als hij er niet meer tegen kan dat Woezel met een treurige 'Hoe lang moet ik die plas nog ophouden'-kop bij de voordeur zit.

Ik liep naar de riem, Woezel sjokte gematigd enthousiast met me mee. Hij wist dat aangelijnd worden en de deur uitgaan bij mij twee totaal verschillende dingen zijn.

Ik was al bij de voordeur toen ik bedacht dat ik zelf ook moest plassen.

'Zit en blijf,' zei ik.

Hij gehoorzaamde, wat mij iedere keer weer verbaast.

Toen ik bij hem terug was en de voordeur al open had, realiseerde ik mij dat ik de huissleutel vergeten was.

'Zit en blijf.'

Met de sleutel in mijn hand weerhield niets mij meer om de deur uit te stappen.

We slenterden door het park. De regen maakte putjes in de vijver. Mijn regenjack was te warm voor een augustusdag.

De bonte verzameling wilde eenden op het gras keek nauwelijks op toen we dichterbij kwamen. Ik heb de enige hond in de wijde omgeving waar geen eend bang voor is. Ze bleven rustig op het gras zitten en maakten klokkende geluidjes diep in hun keel toen ze hem zagen aankomen. Ik denk dat ze de boodschap doorgaven dat die slome weer in aantocht was.

Zoals altijd raakte ik tijdens het ommetje vaag geïrriteerd.

Wat een poeha, al dat gesnuffel voor iets stoms als een plas. Plekjes werden onderzocht en afgekeurd. Als hij een struik waardig had gevonden, kon hij geen keuze maken tussen de ene of de andere achterpoot. Als ik een eend was zou ik hem ook uitlachen. Nu probeerde ik alleen hem met zachte drang mee te trekken.

Natuurlijk was het niet handig om een hond te hebben. Zoiets hoort bij een gezin met kinderen, of in elk geval bij mensen met een regelmatig bestaan. Maar ik had 'm in een eenzame periode uit een nest met onweerstaanbare balletjes bont gekozen, en gelijk had ik, want hij werd de constante in mijn bestaan, het enige levende wezen dat zich geen barst aantrok van mijn stemmingen en altijd blij was mij te zien. Ik heb wat keren zitten huilen met mijn hoofd in zijn zachte vacht, een tafereel uit een boeketroman maar ondertussen niet minder troostend.

Ik voelde me vaag misselijk. Net iets te veel witte wijn gedronken, te veel laffe hapjes naar binnen gewerkt en te lang blijven hangen. Wat ik nodig had was een stevige maaltijd. Ik probeerde mij te herinneren wie er vanavond zou koken. Als ik het was, hadden we pech, totaal vergeten inkopen te doen. Volgens mij was de diepvries ook leeg.

Toen ik de voordeur opendeed, hoorde ik de telefoon. Daarna Pé's stem. Ik ging onmiddellijk op mijn tenen lopen.

Al een tijdje had ik het gevoel dat het weer mis was. Of raak, het hangt er maar vanaf vanuit welk standpunt je het bekijkt.

Hij legde steeds net iets te haastig neer als ik de kamer binnenkwam.

Statistisch gezien was het niet mogelijk dat er zo vaak mensen per ongeluk ons nummer draaiden. Maar mijn opzet om hem nu eindelijk eens op heterdaad te betrappen, mislukte omdat Woezel voor mij uit draafde en met zijn kop de kamerdeur openduwde. Toen ik achter hem aan binnenkwam, zat Pé alweer over de krant gebogen.

'Wie was dat aan de telefoon?'

'Verkeerd verbonden,' zei hij.

We hebben een problematische verhouding, en de keren dat we geprobeerd hebben er een punt achter te zetten, zijn niet te tellen. Maar om de een of andere reden kwam er telkens iets tussen als we afgesproken hadden elkaar nooit meer te zien.

Er was een week later een feest waar we allebei naar toe wilden. We hadden maanden eerder met veel moeite kaarten voor een toneelstuk bemachtigd. De vakantie was al geboekt.

We keken elkaar dreigend aan, zeiden dat het alleen maar uitstel van executie was, want dat de beslissing vastlag, en werden vervolgens weer min of meer verliefd op elkaar.

Door Pé heb ik de sensatie van pure razernij leren kennen.

Niemand was er ooit in geslaagd mij zo volkomen buiten mijzelf te brengen. Het was zijn volstrekte onverstoorbaarheid waar ik niet tegen kon. Je kon hem verrot schelden en hij reageerde nauwelijks. Behalve dan dat hij opstapte en een verdieping hoger in zijn werkkamer ging zitten, waar de wetenschappelijke boeken hoog opgestapeld lagen. Hij schreef voor de weekendbijlage van een krant wekelijks stukjes over ontwikkelingen in de medische wereld. Soms las ik er een paar, om mijn belangstelling te tonen, maar ze waren zo saai dat ik er staande van in coma raakte.

Overigens keek hij ook zelden naar de reclamefolders die ik volschreef.

Het kwam niet in hem op mij te stimuleren om nu eindelijk eens aan dat boek te beginnen en niet langer mijn grote talent te verdoen aan topteksten in wegwerpfolders.

Het was Pé's beurt, maar hij had geen boodschappen gedaan omdat hij dacht dat het de mijne was. Daarom haalde hij Chinees.

Mijn maag voelde opgezet door de kroepoek en de babi pangang toen ik achter mijn computer ging zitten.

Ik moest iets leuks bedenken voor een actie voor serviesgoed.

'Wees niet dom, maar koop een kom.'

'Snel aan de haal met een mooie schaal.'

Ik wiste de twee zinnen en staarde naar mijn computerscherm.

Klikte op iMusic en vervolgens op Juliette & the Licks, 'You're speaking my language baby'.

Het was niet zeker dat Pé weer aan de scharrel was.

Ik had nooit eerder een man ontmoet die zo weinig moeite deed voor een vrouw. Bij hem zat het gevaar in vrouwen die zich aanboden.

Ik verdacht hem ervan dat hij het onaardig vond er niet op in te gaan. Een wat ver doorgevoerde vorm van beleefdheid. Er zijn tenslotte gastvrouwen die zich al op hun hart getrapt voelen als je een kaasblokje afwijst. En om zoiets onnozels wil je toch iemand niet kwetsen.

Maar het zette nooit door. Het waren incidenten waaraan iedere vorm van romantiek ontbrak. Geen afspraakjes, etentjes, weekendjes. Blokjes kaas eet je gewoon op, zo simpel lag het kennelijk.

Het was sneu voor hem dat ik er altijd achter kwam. Zelfs toen we nog niet in één huis woonden. Op dit gebied school er een Sherlock Holmes in mij. Al was het niet bepaald moeilijk om ontdekkingen te doen. Brieven liet hij rondslingeren. Boodschappen op zijn antwoordapparaat wiste hij niet. En in zijn adresboekje hoefde ik alleen maar de laatst genoteerde namen te checken en het was bingo.

Met mij had het volgens hem nooit te maken als hij weer eens de fout in ging.

'Ik ben emotioneel honderd procent trouw,' was een van zijn favoriete uitspraken. En vreemd genoeg was ik daarvan overtuigd.

We waren korte tijd bij een relatietherapeute geweest, toen de ruzies werkelijk niet meer van de lucht waren.

Het was verrukkelijk nu eens tegen een derde uit te spreken wat ons allemaal dwarszat in onze relatie.

'Waarom zet je er niet gewoon een punt achter, als het zo erg is?' vroeg de therapeute aan Pé.

'Nou ja, zó erg is het nou ook weer niet,' zei hij.

'Waarom zet je hem niet de deur uit, als het je zo hoog zit?' vroeg ze aan mij.

'Stel je voor dat hij gáát!' riep ik.

Over het hoofd van onze therapeute keken we elkaar verrukt aan.

'Wat verwachten jullie dan eigenlijk van een therapie?' vroeg ze.

Daar hadden we geen idee van.

We namen hartelijk afscheid van haar en werden in de dichtstbijzijnde kroeg verschrikkelijk dronken.

Ik had nog precies tien dagen voordat ik mijn teksten moest inleveren.

'Merk toch hoe lekker het wordt, eten op zo'n beeldschoon bord.'

Ik piekerde hoe ik er het woordje 'genot' in kon wurmen, ook al rijmde het niet helemaal op bord. De leukste slogan die ik ooit ergens heb gelezen luidde: 'Schrijven een pretje met krijtjes van het Hertje.' Dat is zo dierbaar dat je er tranen van in je ogen krijgt.

Ik schakelde mijn computer uit en bleef nog een tijdje naar het zwarte scherm kijken.

2

'Ik moet je spreken!' zei Noor.

'Wanneer?'

'Zo gauw mogelijk.'

'Vanavond?'

'Kan het niet eerder?'

'Ik moet echt vanmiddag doorwerken.'

We spraken af in De Maegd, een kleine kroeg die haar naam dankte aan een levensgroot schilderij van Jeanne d'Arc dat boven de open haard hing.

Iedere donderdagavond ontmoette ik daar mijn vriendinnen, de wijn was goed, je hoefde zelf geen flessen open te trekken en met de vaat had je niets te maken. De Maegd voelde als een huiskamer, en mijn vriendinnen als familie. Ik heb lang gedacht dat er geen veiliger plek op de wereld was dan daar.

Eigenlijk kon ik mij geen afspraken permitteren. Coen had de avond tevoren gebeld om te informeren naar de teksten.

Ik ken geen freelancer die in zo'n geval waarheidsgetrouw antwoordt dat er nog geen regel geschreven is, dus zei ik braaf dat het heel goed ging, dank je.

'En wordt het leuk?'

'Het is moeilijk om dat over je eigen werk te zeggen,' mompelde ik bescheiden.

'Ik kan er dus op rekenen dat je op tijd inlevert.'

'Wat dacht je!'

Nou, dat dacht hij dus.

In werkelijkheid had ik niets. Het was me zelden overkomen dat er zoveel onbruikbaars uit mijn hoofd kwam.

'Dit servies wordt nooit vies.'

Om de een of andere reden kon ik alleen maar duffe rijmpjes ophoesten. Het servies was ook al niet inspirerend. Iemand had die houterige rozenknopjes in net de foute kleur bedacht, en ik vroeg me af of hij net zo wanhopig had zitten tobben als ik. Nog tien dagen om het dessin te ontwerpen. In godsnaam maar weer een roos.

Dat ik alleen thuis was beviel me ook niet. Drie keer per dag met Woezel aan de lijn, ook 's avonds voor het slapengaan, als ik het park niet meer in durfde en in mijn eigen straat snel heen en weer liep. Ik moest hem plassend de goot in sleuren en met een plastic zakje om m'n hand zijn lauwwarme drol oppakken, waarmee ik vervolgens onhandig bleef rondlopen, want het is niet iets wat je fijn in je jaszak stopt.

Ondertussen zat Pé in de bar van een luxehotel door te zakken, nadat hij de hele dag een symposium had bijgewoond. En dat drie dagen lang.

Ik miste hem in ons bed, dat oeverloos groot leek zonder zijn rug om tegenaan te liggen. Als lepeltjes in een doosje, zo sliepen wij. In m'n eentje voelde ik mij verloren. Ik woelde en keek drie keer per nacht op het klokje. Dat had ik ook nog tegen de therapeute kunnen zeggen: 'Hem de deur uitzetten? Ik ben daar besodemieterd. Ik vind er niks aan zonder hem!'

Noor zat er al, een sigaret in haar ene hand, een glas witte wijn in de andere. Ze zag er zoals altijd spectaculair uit. Het goeie lijf, de goeie kop en de goeie kleren.

'Dat is mijn wraak,' vertelde ze een keer, 'voor de rotkleren die ik op school altijd aan moest. Ik koop me lekker suf.' En toen ze mijn verbaasde gezicht zag: 'Weet je dat echt niet meer...? Wij hadden het thuis arm en Vera en jij hadden altijd alles.'

Maar wat ik mij van die tijd herinner is het fanatisme waarmee ze in alles nummer één wilde zijn. Met leren, met gym, met jongens. En hoe dat haar ook altijd lukte, al moest ze spieken voor die negen op haar rapport en haar vriendinnen een hak zetten om de populairste jongens in te pikken. Ze was meedogenloos in het doordrijven van haar zin. Wie zich verzette of haar irriteerde door er een eigen mening op na te houden, werd door haar afgeschreven. Zo simpel lag het. Ineens hoorde het meisje met wie ze een dag eerder nog vriendin was, er niet meer bij. Verstomden de gesprekken als zij eraan kwam, werd ze nergens meer voor uitgenodigd. Noor had de macht om dat te laten gebeuren, en ze had er geen woord voor nodig, haar manier van kijken was genoeg. Maar met Noor in de buurt gebeurde er altijd wat. Wie geen deel uitmaakte van haar kringetje, miste iets.

Dat wij elkaar weer regelmatig ontmoetten was iets van de laatste jaren. We hadden elkaar heel lang niet gezien, wat niets bleek uit te maken. Nadat ik Noor en Veer op een schoolreünie tegen het lijf was gelopen, gingen we gewoon verder waar we jaren eerder waren opgehouden, alleen droeg Noor nu kleren waarin je normaal gesproken alleen Maxima ziet lopen.

Ze had haar grote slag geslagen: Charles, die de grond aanbad waarop ze liep en rijk genoeg was om al haar verlangens te vervullen. Dat ze op een discrete manier hevig vreemd ging, wist hij niet. Het zou zijn gevoel van eigenwaarde knakken en het einde van hun huwelijk en haar luxueuze leven betekenen, als hij er ooit achter zou komen, daar was Noor zeker van.

Ik schoof tegenover haar aan tafel.

'Leuk jasje,' zei ze afwezig.

Ooit moest ze bedacht hebben dat mensen het leuk vinden als je iets aardigs tegen ze zegt, maar het klonk niet erg gemeend. Desalniettemin voelde ik mij gevleid.

Het was tenslotte een Moschino-jasje, alleen bereikbaar omdat ik er tijdens een uitverkoop tegenaan liep.

Noor deed iets simpels met haar vingers, richting bar, en even later stond er een glas witte wijn voor mij.

'Ik ben verliefd,' zei ze.

Het was niet de eerste keer dat ze die mededeling

deed, en het verbaasde mij dat ze een afspraak had gemaakt om het te vertellen. In de paar jaar dat we weer met elkaar omgingen had ze mij heel wat affaires toevertrouwd. Meestal van kortstondige duur. Verliefdheid over, relatie voorbij, voor altijd goeie vrienden. Daar bewonderde ik haar om. Als het bij mij uitgaat met een vrijer, gaat dat met zoveel emoties gepaard dat ik blij ben als ik hem nooit meer hoef te zien.

'Wie is het?' vroeg ik. Niet dat het me echt kon schelen. De meesten kende ik toch niet. Of alleen uit de krant. Een topmanager die zichzelf rijk graaide. Een politicus op wie ik nooit van m'n leven zou stemmen, laat staan met hem naar bed gaan. Of een keer de voorzitter van een voetbalclub, die gedurende dat seizoen als een komeet uit de eredivisie verdween, al denk ik niet dat Noor daar iets mee te maken had.

'Fred,' zei ze.

Ik verslikte me in mijn wijn, en tegen de tijd dat ik uitgehoest was en weer normaal kon ademhalen, waren er minuten voorbij.

'Je bent niet goed bij je hoofd.' Mijn stem klonk hees en mijn keel voelde rauw.

'Weet ik.'

'Jezus Noor, dat kun je niet maken!'

Ze knikte kalm.

'We zouden van elkaars mannen afblijven, weet je nog. Je kunt toch niet altijd maar alles pakken wat je hebben wilt.'

'Hij wil mij ook. We willen elkaar. En de seks is...'

Ik keek haar aan.

'Hoe lang is het al aan de gang?'

'Een jaar.'

'Waarom moet ik het dan nu ineens weten?'

Ze haalde haar schouders op en maakte weer de beweging met haar vingers, waarna de glazen werden verwisseld. Ineens maakte het mij woedend dat ze altijd voor iedereen besliste wat er gebeuren moest, en het meestal nog goed had ook.

'Koffie verkeerd,' zei ik geïrriteerd, ook al had ik er totaal geen zin in, en de jongen verdween met het volle glas.

Noor trok haar wenkbrauwen op maar gaf geen commentaar.

'En Carolien heeft niets in de gaten?'

'Als dat zo was, had je het wel gemerkt.'

Waarschijnlijk had ze gelijk, hoewel Carolien niet snel uit haar evenwicht raakte. Het zou best kunnen zijn dat ze tot de kleine groep vrouwen behoorde die op een waardige manier het bedrog van hun echtgenoot ondergaan.

Ze was een keer door Vera meegebracht, die haar met squash had ontmoet en haar aardig vond. Omdat Vera er kennelijk veel waarde aan hechtte dat ze bij het clubje zou komen en Caroliens belangstelling voor ons en onze verhalen sympathiek overkwam, hadden we geen bezwaar gehad. Over zichzelf praatte ze zelden, en dat kwam goed uit, want we hadden het druk genoeg met onze eigen problemen. Na een paar jaar wisten we niet veel meer van haar dan dat ze jong was getrouwd en twee zonen had die in Groningen hadden gestudeerd en daar in de buurt een baan en een vrouw gevonden hadden.

Ze had een licht verwonderde manier om naar haar man te kijken, alsof ze na al die jaren huwelijk nog steeds niet begreep waarom hij op haar gevallen was. Een verwondering die wij deelden, vooral omdat Fred de keren dat wij hem op feestjes ontmoetten, over haar hoofd heen zo geilig naar ons kon kijken. Een aantrekkelijke man maar wel een ijdeltuit.

Nu was haar Fred dus in de handen van Noor gevallen.

Het was me een raadsel hoe ze het voor elkaar hadden gekregen het zo lang geheim te houden. Een jaar lang stiekeme afspraakjes, je moet er toch niet aan denken. Over je schouder kijken of iemand je dat motel binnen ziet gaan. Bij de receptie inboeken, waar ze allemaal weten wat je komt doen. De kamersleutel ontvangen van zo'n keurig receptiemeisje, met een sjaaltje dat met de punt naar voren omgeknoopt is. Het leken mij geen omstandigheden waarvan je slip vochtig wordt. En ondertussen het risico lopen dat er een fikse rel ontstaat met jou zelf als middelpunt.

We hadden niet voor niets afgesproken dat we van elkaars mannen zouden afblijven. We hadden allemaal met relationele leugens en bedrog te maken gehad, we kenden de puinhopen die erdoor veroorzaakt worden en we hadden er geen trek in dat onze vriendschap, hoe oppervlakkig misschien ook, verpest zou worden door zoiets onnozels als vreemdgaan met de man van een ander.

Het was niet zo moeilijk om ons aan die erecode te houden, want zo groot was de verleiding nu ook weer niet.

Maar nu kennelijk dus wel.

Mijn gebrek aan enthousiasme kwam over.

'Ik weet dat je hem niks vindt. Maar ik ken de echte Fred. Beter dan Carolien hem kent. Onder al dat uiterlijke vertoon van hem zit een...'

'...klein jongetje?' hielp ik haar.

Ze keek me wantrouwend aan.

Ik boog me over het tafeltje.

'Lieve schat, in elke man schuilt een klein jongetje. Dat is hun geheime wapen. Als het heavy wordt in een relatie brengen ze de problemen terug tot Dinky Toy-niveau, want dat begrijpen ze tenminste. Wat vrouwen uitvergroten, verkleinen mannen. Ik heb nog nooit één moer aan dat kleinejongetjesgedoe gevonden. Als je verstandig bent zet je Fred morgen af bij de speeltuin. Daar kan hij ook wippen.'

Over haar schouder zag ik Vera binnenkomen.

Al mijn alarmseinen gingen op rood.

'Wat ben je van plan met ons?'

Vera was een verhaal apart. Opgevoed als rijk meisje, met ouders die hun enige dochter aanbaden. Als haar fietsband lek was, werd ze naar school gebracht in de auto met chauffeur van haar vader, waarmee ze dan eerst nog even langs een snackbar was gereden om snoep in te slaan, want ze trakteerde graag.

Zelfs dat ze op haar achttiende, ze was net van

school, zwanger thuiskwam, leverde nauwelijks problemen op. Er werd een fulltime nanny voor dochter Patricia ingehuurd en Vera zette ongehinderd haar vrolijke leventje voort. Een pretstudie Spaans in Amsterdam, een appartement in een grachtenpand waar de walm van joints te snijden was en het propvol zat met klaplopers die tot in alle hoeken van het huis in slaapzakken overnachtten.

Toen ze op een dag besloot om de taal in het land zelf te gaan leren, trok ze haar jack aan, slingerde haar schoudertas om en vertrok.

Een dag later werden haar gasten de deur uitgezet en werd de boel opgeruimd door personeel van haar ouders.

Een auto-ongeluk in Cannes waarbij haar ouders op slag dood waren, een paar jaar geleden, maakte een schatrijke erfgename van haar. Patricia woonde toen al op kamers, meer een vriendin van haar moeder dan een dochter.

Als geld zo vanzelfsprekend is, speelt het geen rol meer.

Vera kon zich absoluut niet voorstellen dat andere mensen wel eens krap zaten, of erger, gewoon geen geld hadden.

Toen we een keer beladen met volgepropte draagtassen langs een man kwamen die de *Daklozenkrant* probeerde te verkopen, stevende ze op hem af.

'Heeft u echt geen huis...?' De man wierp een blik op het blonde welvaartswonder met de vrolijke blauwe ogen en dacht dat hij zijn lucky day had. Maar Veer wilde hem alleen maar gelukwensen met zijn benij-denswaardige positie. 'Meneer, u heeft geen idee hoe u boft! Ik heb twéé huizen, er is altijd wel ergens iets wat gerepareerd moet worden, doodziek word je er-van. En als alles in orde is, wordt de tuinman ziek en sta je nog zelf de bladeren te harken.'

Hij keek haar met open mond na.

Toen ik 'Dit kun je niet maken, Veer!' zei, ging ze terug om hem vijftig euro te geven.

Dat was Veer ten voeten uit. Zonder met haar ogen te knipperen kon ze in drie minuten een bontjas van vijfduizend euro kopen. Die er trouwens binnen een maand uitzag alsof ze hem op het Waterlooplein had opgescharreld. Alles wat ze aantrok was in de kortste keren rijp voor de voddenmand. Vlekken, gaten, torn-tjes.

Dat krijg je, als je nauwelijks geïnteresseerd bent in je uiterlijk en geld genoeg hebt om alles waar het mooie vanaf is, te vervangen.

Sommige mensen vonden haar dom, wat komisch was omdat ze blond was en aantrekkelijk, en dan hoor je tegenwoordig juist een IQ te hebben van 136, maar zo simpel lag het niet.

Het was meer een ongelofelijke naïviteit waardoor ze dingen zei en deed die geen normaal mens in z'n hersens zou halen.

En dat was precies waarom ik van haar hield. Vera was de eerlijkheid zelve, voor haar vrienden ging ze door het vuur, en het was altijd lachen met haar.

Op weg naar ons tafeltje trok ze haar suède, met

bont gevoerde jas uit, die ze vervolgens zo nonchalant vasthield dat ze er de halve kroeg mee aanveegde.

'Wat leuk onverwacht!' zei ze tegen Noor.

'Hoi Tess, is er groot nieuws?'

Ze schoof aan en liet haar Burberry-tas nonchalant op de grond vallen, de witte wijn stond al voor haar voordat ze goed en wel zat. Ze kenden haar, bij De Maegd.

Noor herhaalde in het kort wat ze mij verteld had.

'Heb je het echt over onze Fred?' vroeg Vera.

'Er schuilt een klein jongetje in hem,' zei ik.

Noor wierp mij een giftige blik toe.

'Wat is er zo leuk aan hem, Noor?' hield Vera aan.

'Veel, als je van kleine jongetjes houdt,' zei ik, terwijl ik de blikken van Noor trotseerde.

'Mag ik alsjeblieft voor mezelf praten?'

'Graag. En vertel dan meteen even waarom wij hier moesten opdraven.'

'Ik heb jullie nodig.'

Dat was precies wat ik al vreesde.

Het plan was simpel.

Noor en Fred hadden geconstateerd dat ze dringend meer tijd voor elkaar nodig hadden dan de gestolen uurtjes in motels. Weekends. Misschien wel een weekje zo nu en dan.

En dat is waar Vera en ik in het spel kwamen.

Vera had een tweede huis in de bossen van Brabant, geërfd van haar vader, die in die provincie een vermogen met bierbrouwen had opgebouwd, en ze moest zogenaamd wat vaker op vakantie. Noor zou dan, al-

weer zogenaamd, met haar meegaan. Twee vriendin-
netjes die er met een stapel boeken gezellig een weekje tussenuit knijpen.

'Vinden jullie het dan leuk als ik erbij ben?' vroeg
Veer.

'Nee Veer, je geeft ons de sleutel en wij gaan.'

'En ik dan?'

'Jij dus niet.'

'Maar als mensen mij dan zien, vragen ze natuurlijk
waar jij bent.'

'Daarom moet jij ook weg zijn.'

'Waar naartoe dan?'

'Toe nou Veer, zoek Patricia op in Brussel, daar heb
je toch anders ook geen moeite mee?'

'Waarom gaan jullie zelf niet naar Brussel?'

'Te gevaarlijk. De halve wereld loopt daar rond.'

Veer keek mij om hulp zoekend aan.

'En wat voor rol krijg ik in dit toneelstukje?' vroeg
ik.

'Jij kunt gewoon thuis blijven. Ik zeg tegen Charles dat ik met jou naar een film ga. Of ergens eten. Jij
hoeft alleen maar te zeggen dat het klopt, als hij je ooit
iets mocht vragen. Wat hij natuurlijk niet zal doen,
maar je weet nooit.'

'Noor, als Charles iets wil weten dan belt hij jou op
je mobiel.'

'En dan zeg ik: "Dag schat, ik zit bij Tess".'

'Dat kun je toch hoe dan ook zeggen?'

'Tuurlijk, maar alleen als jij dan ook echt thuis bent.
Hij moet je niet een kwartier later ergens tegen kunnen komen.'

Het was glashelder. Om Noors alibi's kloppend te maken kreeg ik huisarrest tijdens haar romantische afspraakjes, of Veer moest het land uit. Dat was nu precies waarom ik zo'n pesthekel aan dit soort gedoe heb. Weinig dingen zijn zo ingewikkeld als geheime romances. Als je een kosten-batenanalyse zou maken van elk orgasme, zitten er meer voorbereidende uren in dan in vergaderingen van fuserende bedrijven.

Bovendien komt er een moment dat de hele wereld weet wat zich afspeelt, behalve de mensen die er belang bij hebben om het te weten. En als die er eindelijk achter zijn, breekt de hel los.

'Ik vind het niks, Noor,' zei ik. 'Al die moeite voor een man als Fred.'

'Charles is impotent,' zei ze.

'Maar z'n bankrekening niet, en daar viel je toch voor?'

'Ging je echt voor het geld, Noor?' vroeg Veer verbaasd.

Noor knipte met haar vingers.

'Waar heb ik vriendinnen voor,' zei ze bitter, terwijl er nieuwe glazen wijn voor ons werden neergezet.

3

Nog drie dagen te gaan en ik had niet één fatsoenlijke zin.

'Smerig eten smaakt niet vies, op zo'n prachtig mooi servies.'

Het werd steeds erger. Ik vroeg me af of ik niet beter de opdracht terug kon geven. Het zou het einde betekenen van de samenwerking met Coen, en dat hield me tegen. Er waren toch al zoveel kapers op de kust.

Vroeger maakten vrouwen die zich verveelden uilen van macramé, die ze vervolgens voor hun raam hingen. Daarna stortten ze zich en masse op het vervaardigen van aquarellen, waarvan met name hortensia's het slachtoffer werden. Tegenwoordig schrijf je liefst een boek als je mee wilt tellen, en voor het soort teksten dat Coen nodig heeft, staan ze in rotten van tien klaar om je job over te nemen.

'Schrijf dat verdomde boek dan,' zei Pé.

'Ik weet niet waarover.'

'Dan moet je er ook niet over blijven zaniken.'

'Verzin dan in elk geval iets leuks over serviezen,' smeekte ik.

Hij haalde zijn schouders op.

'Volgens mij zit je op een totaal fout spoor. Slogans gebruik je voor wasmachines. Een servies heeft met psychologie te maken. Emotie. Je dekt de tafel voor je gezin, en op dat leuke servies komt straks lekker eten en daar zit je dan in harmonie omheen.'

'Dat is te lang.'

'Denk erop door. Zie het voor je. Het hoogtepunt van de dag, nu nog waardevoller omdat je aardappels in een schaal zitten met... wat was het ook alweer?'

'Rozenknopjes.'

'... met rozenknopjes erop. Sterkte. Ik zit boven.'

'Waar gaat het over?'

'Darmkanker.'

'Veel plezier.'

Hij verdween.

Ik keek of er mailtjes waren binnengekomen.

Eén, van Noor: 'Doe je mee?'

'Nou, nee,' mailde ik terug.

Hoogtepunt van de dag... Ik sprak Noor tegen!

Ik trok mijn computer naar me toe en begon te tikken.

Noor probeerde niet meer om mij in te schakelen. Als we in De Maegd bij elkaar zaten, liet ze mij op een subtiele manier merken dat ik uit de gratie was. Ik denk niet dat iemand anders zag dat haar ogen veranderden als ze mij aankeek. Koel als ijs. Grace Kelly kon zo kijken, maar daar had je dan verder niets mee te maken. Met haar stilzwijgen strafte Noor mij voor

mijn onwil om aan het bedrog mee te werken, dezelfde methode die ze op school ook altijd had toegepast
als iemand niet deed wat zij wilde. Ook nu kon ik er
niet goed tegen. Ik zou absoluut overstag zijn gegaan
als ze het mij nog een keer gevraagd had, maar ze had
mij kennelijk niet meer nodig.

'Is het uit?' mailde ik hoopvol.

'Had je gedacht!'

'Waar doen jullie het dan?'

'Overal.'

'Hoe?'

'Ik meestal bovenop?'

'Ik bedoel hoe je het regelt. Hoe krijg je het voor elkaar. Gewoon HOE!'

Ik bleef nog een tijdje achter mijn computer zitten,
maar ze mailde niet meer terug.

Coen was goddank tevreden over mijn teksten over de
maaltijd als belangrijkste gezinsmoment en de rol van
een mooi servies daarbij. Ik had er ook nog een tekst-
je bij gedaan over hoe belangrijk het is dat kinderen
op jonge leeftijd al in contact worden gebracht met
mooie dingen. Waarbij ik met geweld het beeld van
houterige rozenknopjes in een blauwgele kleur van
mijn netvlies verdrong.

'Geweldig!' mailde Coen.

'Bij nader inzien zou ik slogans toch minder geslaagd gevonden hebben voor een servies. Meer iets
voor wasmachines. Goed dat je dat hebt aangevoeld.
Hun volgende aanbieding is bestek. Verdiep je er maar

vast in, want die opdracht gaat natuurlijk naar jou.'

De slogan 'Uw kind heeft meer trek met dit fijne bestek' rolde er zomaar vanzelf uit. Wat me niet verbaasde want tenslotte héb ik talent.

Ik maakte een nieuwe map, met de naam BESTEK en sleepte de slogan die ik zojuist had geschreven, erin.

Zo, die had ik toch maar mooi binnen!

De opwelling van creativiteit had me zo opgepept dat ik de map THRILLER aanklikte. Ik had nog geen regel geschreven, maar ik was al wel druk bezig met de voorbereiding. Het is mijn overtuiging dat je een grondige analyse moet maken van het soort boek dat je wilt schrijven, voordat je aan het echte schrijfwerk begint.

Nog belangrijker is misschien wel de titel.

Het was mij opgevallen dat boeken waarvan de titel met *Terug...* begint, altijd succesvol zijn, of je er nu *naar Oegstgeest, naar de kust* of *tot Ina Damman* achter zet.

De halve titel had ik dus al. Maar nu de rest.

Terug naar Delfzijl zou bijvoorbeeld kunnen. Associaties met Simenon die daar een aantal Maigrets schreef. Eigenlijk helemaal geen gek idee. In mijn boek zou de schrijver in een van de bordelen die hij daar bezocht, een moord gepleegd kunnen hebben. Op Rooie Rita bijvoorbeeld. Nooit opgelost, hoewel de oudste inwoner van Delfzijl zich misschien nog herinnert wat er in die periode gefluisterd werd.

God, ik was werkelijk op dreef die avond. En dorst

had ik ook. Ik snakte naar een glas wijn.

Ik tikte LITERAIRE voor THRILLER en sloot de map.

Halverwege de trap hoorde ik de telefoon overgaan.

Met twee treden tegelijk racete ik naar beneden. Eindelijk zou het mij een keer lukken er als eerste bij te zijn. Ik stormde de kamer binnen en zag dat Pé nog maar een meter van de telefoon verwijderd was. Maar ik had mijn vaart mee. Een paar seconden vóór Pé had ik de hoorn in mijn handen en hield die tegen mijn oor gedrukt.

Ik zei niets, ik keek wel uit, dan zou er meteen neergelegd worden. Terwijl ik probeerde zo geruisloos mogelijk te hijgen, zag ik de verbijsterde uitdrukking op het gezicht van Pé, die weer op zijn stoel was gaan zitten.

Aan de andere kant van de lijn een zacht geluid. Een vrouwenstem.

'Pé, ben jij het?'

'Haha, dat had je gedacht. En val ons verder niet meer lastig, wil je...'

Ik legde de telefoon terug op de oplader, zette mijn handen in mijn zij en zei triomfantelijk: 'Zo, die weet tenminste waar ze aan toe is!'

'Ik denk dat het mijn moeder was, Tess,' zei Pé. Hij keek op zijn horloge. 'Ze zou om deze tijd bellen.'

Er zijn moeders die het meisje waarmee hun zoon thuiskomt, met open armen ontvangen. 'Welkom kind! Als mijn zoon van jou houdt dan doe ik het ook.'

Maar aan de moeder van Pé zag ik in één oogopslag dat ze niet zat te wachten op een schoondochter. Nu niet en nooit niet.

Zonen hebben zoiets niet in de gaten. Die denken dat alles pais en vree is zolang hun moeder en hun meisje elkaar niet met keukenmessen te lijf gaan.

Wist Pé veel dat er vanaf minuut één een subtiele guerrillastrijd om hem gevoerd werd. Hij voelde zich gevleid toen zijn moeder vertelde dat ze toch zo'n bijzondere zoon had, en dat hij met haar wilde trouwen toen hij nog een klein jongetje was, en dat ze altijd de belangrijkste vrouw in zijn leven was geweest.

'Ja, erg avontuurlijk is hij niet,' zei ik. 'Maar dat is juist wel lief.'

'Hij is ook een lieve jongen. En hij kwam ook altijd met van die lieve meisjes thuis.'

'Dat wordt dan wennen,' zei ik.

Ze was niet uit het veld te slaan.

'Ik had vaak met ze te doen. Pé is zo gauw uitgekeken op iemand. Hij heeft wat traantjes laten vloeien. En ja, dan was hij toch weer alleen.'

'Maar gelukkig was u er dan.'

'En dat zal ik altijd blijven.'

Ik heb mij die eerste avond door drie albums met foto's van Pé moeten worstelen en tientallen verhalen aangehoord over zijn genialiteit.

'Volgens mij vindt ze je heel aardig,' zei Pé toen we naar huis reden.

Ik zei niets. Tegen een beetje huichelen heb ik geen

bezwaar, maar er zijn grenzen.

In elk geval hebben wij, na de eerste schermutselingen waarin we beseften dat we aan elkaar gewaagd waren, geprobeerd er het beste van te maken.

Maar nu was het erge dan toch gebeurd.

Ik had mijn schoonmoeder geschoffeerd en haar kennende was er geen enkele manier waarop ik haar ervan kon overtuigen dat ik mij stomweg vergist had.

Met Pé was ik trouwens ook nog niet klaar.

'Zou ik alsjeblieft mogen weten waar deze krankzinnige actie op slaat?'

'Als je mij dan vertelt waarom er de laatste tijd zo krankzinnig veel mensen een verkeerd nummer draaien.'

'Dit was mijn moeder.'

'Je weet verdomd goed wat ik bedoel.'

'Ik heb werkelijk geen idee.'

'Kom nou Pé, zodra ik in de buurt ben leg je de telefoon neer. Ik ken die streken toch. Zeg dan gewoon dat je weer vreemdgaat.'

Hij stond op. 'Sorry, maar hier heb ik geen zin in.'

'Dat is geen antwoord!'

Hij liep de gang in en de trap op.

Ik rende achter hem aan, hij zou me verdomme antwoord geven, maar hij was al in de wc verdwenen.

Ik ijsbeerde op de overloop heen en weer. Ik was toch niet gek. De statistieken waren op mijn hand.

De telefoon ging. Ik dook mijn werkkamer in en

snauwde mijn naam.

Snikken aan de andere kant van de lijn. Een snotterend verhaal dat ze dit niet verdiend had. Maar ze had vanaf het begin geweten dat ik haar niet mocht. En nu de zaken er toch zo voorstonden, mij had ze ook nooit gemogen, als ik dat maar wist.

Ze snufte nog een paar keer en legde neer.

Ik was nu in staat om iemand te vermoorden, en als ik dan toch kiezen mocht, dan Pé maar.

Ik rammelde aan de wc-deur. Er zat een haakje op dat allang vervangen had moeten worden, maar waarom zouden we, we hadden nooit logés en we waren niet zo van deuren op slot doen.

Het haakje schoot los en de deur ging met zo'n vaart open dat ik bijna op mijn achterhoofd viel.

Pé keek me aan alsof hij water zag branden, zijn broek op z'n enkels, een Gauloise tussen z'n lippen.

'Donder op, Tess,' zei hij niet onvriendelijk.

In plaats van op te donderen vertelde ik wat ik van hem vond. Hoe intens mijn minachting is voor mensen die andere mensen bedriegen. Hoe diep je dan gezonken bent.

Hij verschoof en liet de peuk van z'n Gauloise in de plee vallen.

Hij zag er niet uit alsof hij erg onder de indruk was van de situatie. Maar dat was hij nooit, wat ik ook deed, zei, riep of schreeuwde.

Mijn woede verdween en liet een vreemde onverschilligheid achter. Ik draaide me om en liep de deur uit, maar op het laatste moment kreeg ik een ingeving.

Ik griste de rol pleepapier van de houder en stapte de gang op.

Daar ging ik op het mottige, roodfluwelen bankje zitten dat we ooit in Frankrijk op een brocante hadden gekocht, de rol papier tussen m'n handen.

'Tess, dit gaat te ver.'

'Ik wil antwoord.'

'Wil je dat ik het kom halen?'

Daar moest ik over nadenken. Pé die hiphoppend met z'n broek op z'n enkels de overloop op komt, z'n pik vrolijk meedansend op het ritme. Wilde ik hem zo zien?

Ik stond op en liep naar de plee, duwde de rol in z'n handen en sloot de deur achter mij.

Vijf minuten later zat hij naast mij op het bankje.

'Het is zomaar iemand. Ik wilde je niet ongerust maken. Ze houdt er wel mee op. Het spijt me.'

'Ik ook.'

'Mij ook.'

'Dat zei je al.'

Ik zweeg. Het was bizar, hoe snel een goed gesprek bij ons binnen de kortste keren in chaos verzandde.

Hij sloeg zijn arm om me heen.

'Ik heb het al eerder gedacht, maar volgens mij is het goed als we elkaar een tijdje niet zien. Gewoon nadenken hoe we verder willen. Wat vind jij?'

Ik haalde mijn schouders op. Je vraagt toch ook niet aan mensen die een orkaan op zich af zien komen wat ze ervan vinden.

De wereld zag er anders uit zonder Pé. Eerlijk gezegd vond ik er geen moer aan. We hadden zelden hand in hand naast elkaar op de bank gezeten, dus wat dat betreft miste ik niets. Maar we aten wel iedere avond samen, en als ik achter mijn computer zat wist ik dat hij boven mijn hoofd aan het werk was. Ik was eraan gewend om bij hem binnen te lopen als ik vastzat met een tekst of als ik mij verveelde. Als hij af en toe een paar dagen weg was, wist ik dat hij weer terug zou komen. Het was dat Woezel drie keer op een dag uitgelaten moest worden, en dat ik iets aardigs over bestek moest schrijven, maar anders had de hele boel me gestolen kunnen worden.

Iets om voor op te staan was er niet meer, ik bleef net zo lief de hele dag in mijn nest liggen. Wat misschien goed zou zijn geweest, want 's nachts deed ik geen oog dicht.

Ik legde Pé's hoofdkussen dwars naast me, dan voelde het aan die kant tenminste niet zo leeg, maar het was een armzalige vervanging. Vooral 's nachts kon het mij ineens de adem benemen, dat dit misschien mijn voorland was. Hardop praten tegen een hond, om tenminste het geluid van een menselijke stem te horen. Junkfood eten omdat ik er werkelijk de zin niet van inzag om iets behoorlijks voor alleen mijzelf te koken. En mijzelf mooi maken was er ook niet meer bij. Waarom zou ik iets aan mezelf doen als de enige door wie ik gezien wilde worden niet meer naar mij omkeek?

Mijn enige troost was dat we zonder ruzie uit elkaar

42

waren gegaan en dat hij niet veel had meegenomen aan kleren. Hoewel hij op elk gebied met belachelijk weinig toekon. Wat me wel weer ongerust maakte waren de lege plekken in zijn boekenkast. Waarom zou je je eerste drukken van Hermans meenemen als je van plan bent om terug te komen?

Hij zat bij een vriend die een kamer over had, en hij had zijn mobiel bij zich. Ik kon hem bellen wanneer ik wilde, maar ik deed het niet. Ik was ervan doordrongen dat hij over ons wilde nadenken. Het was bloedstollend dat iemand in deze stad met een Gauloise in zijn hand en een glas Armagnac voor zich over mijn toekomst ging beslissen.

'Hoezo beslist hij over jouw toekomst,' zei Noor, die naar me toe was gekomen toen ik na een paar avonden alleen jankend belde omdat ik het niet meer uithield.

'Voor hem een ander. Zo'n lot uit de loterij was hij echt niet.'

'Ze is gek op die man,' zei Veer, die was meegekomen.

'Dat is het stomste wat je doen kunt. Nooit de macht uit handen geven! Bovendien ging hij vreemd.'

'Af en toe. Al heel lang niet meer.'

'Hij zal wel gauw iemand anders hebben,' zei Veer. 'Dat hebben mannen meestal als ze zelf vertrekken.'

Ik begon weer te huilen.

'Dan moet Tess zorgen dat zij het eerst iemand anders heeft,' zei Noor.

'Ik ken niemand,' snikte ik.

'Precies,' zei Veer triomfantelijk. 'En Pé wel!'

Noor haalde haar schouders op. 'Al dat gezeik om een man die geen cent heeft. Zoek de volgende beter uit, dan hoef je tenminste die maffe teksten niet meer te schrijven.'

Ze sloeg een arm om mijn schouder en het drong tot me door dat ze werkelijk probeerde om mij te troosten.

'Laten we naar De Maegd gaan,' stelde ze voor.

Maar dat kon niet. Dan zou ik aangeschoten thuiskomen en evengoed nog met Woezel de straat op moeten.

Het viel niet te ontkennen, mijn leven was er verschrikkelijk op achteruitgegaan.

4

Toen ik Pé leerde kennen was dat met mam al jaren achter de rug. Ik was begin twintig en behoorlijk losgeslagen. Het maakte me allemaal niet zoveel uit. Ik woonde op kamers, had het ene baantje na het andere en als ik een vrijer mee naar huis nam, liet ik het bedlampje aan. Het was mij opgevallen hoe fout het uit kan pakken als je in het donker een verkeerde naam noemt.

Toch was ik keurig opgevoed...

Met twee woorden spreken. Handje geven bij het komen en gaan. Mondje dicht als grote mensen praten. Bedanken als je iets krijgt.

Voor mijn moeder waren dat vanzelfsprekende dingen. De basis vanwaaruit je met je medemens omgaat. Ik heb nooit iemand meegemaakt die zo mild en bescheiden in het leven stond. Mam had begrip voor alles en iedereen. Er was altijd wel een reden om een ander voor te laten gaan. Ook in het verpleeghuis, waar ze alleen in een kamer lag te creperen van de pijn. Ik zat iedere dag naast haar bed – het was een paar weken voor de zomervakantie, ik denk dat pa iets met de school geregeld had – en wat ik zag had de verpleging ook kunnen zien: een vrouw die zich ten koste van alles groot hield. Maar iedereen trapte erin, en zo was ze altijd het laatst aan de beurt.

'Mevrouw Veerman kan nog wel even wachten.'

'Mevrouw Veerman is zo makkelijk.'

'Euthanasie? We hebben niet de indruk dat mevrouw Veerman ondragelijk lijdt. Bovendien geeft ze die wens niet te kennen.'

Nee, dat dankt je de koekoek, mevrouw Veerman zal nooit iets voor zichzelf vragen, nog geen glaasje water, laat staan verlossing uit een lijden dat haar soms tot grommen dwingt.

Maar ik zag de afdrukken van haar nagels in de palmen van haar hand. Ik zag ze iedere dag, en ik probeerde ze weg te kussen, één voor één. Ik wist hoe verschrikkelijk ze het vond om die incontinentieluier aan te hebben. Ze huilde altijd een beetje als ze haar plas niet langer op kon houden. Ze lieten haar uren in haar vieze luier liggen. Mijn moeder, die altijd voor iedereen had klaargestaan, die zichzelf altijd weggecijferd had. En nog steeds geen slecht woord voor de verpleging. 'Die meisjes hebben het zo druk, die kunnen er ook niets aan doen.'

De pijnstillers hielpen allang niet meer. In dat klote-verpleeghuis werd zuinig met de morfine omgegaan, omdat het levensverkortend zou zijn. En dat willen we toch niet, stel je voor, dat je iemand een paar weken lijden zou besparen!

Op een keer zat de dominee naast haar bed toen ik aankwam, en ik zag aan haar gezicht dat ze zich vereerd voelde omdat hij helemaal voor haar naar het verpleeghuis was gekomen. Omdat ik nieuwsgierig was naar wat hij in de aanbieding had, bleef ik erbij. Het ging over ons leven dat in Gods hand ligt. Lijden dat in mensenogen zinloos is, maar waarvan de diepere betekenis verscholen ligt in de plooien van Zijn wijsheid. Mam staarde naar hem met ogen die wazig waren van de pijn.

Dwars door zijn gebed heen stuurde ik een berichtje naar God.

'Als U bestaat, dan nu graag een bliksemschicht, wel raak svp, en ik zal de rest van mijn leven op mijn knieën in aanbidding voor U doorbrengen.'

'Amen,' zei dominee Vlerkens.

En ik begreep waarom je wel 'dok' tegen een dokter mag zeggen, maar nooit 'dom' tegen een dominee. Het zou te persoonlijk zijn.

Ondertussen schitterde pa door afwezigheid. Ze waren altijd gek op elkaar geweest, en ik denk dat hij in die laatste periode meer van haar hield dan ooit. Maar hij kon het niet aan. Ik zag hem wit wegtrekken en op zijn benen wankelen als hij haar kamer binnenkwam en haar uitgeteerde gezichtje in het witte kussen zag. Hij had geregeld dat er iedere week een vers boeket bloemen naast haar bed stond, en dat ze verwaarloosd werd door de verpleging wilde hij niet geloven. Het huis stond goed bekend, hoe durfde ik dan als zestienjarige een oordeel te vellen. Het had geen zin hem te vertellen dat ze niet at als ik haar niet voerde. Er werd een blad eten naast haar bed gezet door

een hulp, die het een halfuur later weer kwam opha-
len. Of er wel of niet van gegeten was viel haar denk ik
niet eens op.

Ik zat naast mijn moeder en voerde haar kleine hapjes, die ik vergezeld liet gaan door verhaaltjes en grap-
jes. Als ze van elk hapje de helft doorslikte, was ik tevreden. De rest veegde ik van haar lippen en haar kin
af.

Toen het tot me doordrong hoe zelden ze gewassen
werd, ben ik dat zelf gaan doen. Daar heb ik heel wat
voor moeten overwinnen. Jonge vrouwen willen niet
weten hoe vervallen hun lichaam kan worden. Mam
was duidelijk ondervoed, haar borsten waren slap,
haar buik niets dan rimpelige vellen. Ik heb op mijn
lippen gebeten toen ik haar tussen haar benen waste
en droogde.

Ik denk niet dat ik ooit in mijn leven nog eens zoveel liefde voor iemand zal voelen.

De zomer gleed voorbij, het was benauwd in het
tehuis, de wereld buiten leek een ander leven waar ik
niets meer te zoeken had. Veer en Noor stonden in het
begin nog wel eens op het antwoordapparaat, maar
na de laatste schooldag hielden de berichten op, en ik
wist dat ik ze pas weer zou zien als het nieuwe school-
jaar begon. Terwijl de hele wereld met vakantie ging,
woonde ik bijna in het verpleeghuis, wat oogluikend
werd toegestaan omdat ik de verpleging heel wat werk
uit handen nam. Pas na het avondeten, als ik haar nog
een beetje had opgefrist voor de nacht, ging ik naar
huis.

Daar was het stoffig, verwaarloosd, ongezellig. Geen wonder dat pa er ook zo min mogelijk was. We kwamen elkaar tegen in de keuken, als we voor onszelf wat uit de koelkast haalden. Hij zorgde ervoor dat er altijd brood was, kaas, een biefstukje, wat vruchten.

Hij was meelijwekkend in zijn wanhoop en onvermogen, maar ik had niets meer over om aan hem te geven. Ik zag hem liever niet dan wel, legde eten op mijn bord en at het op in mijn eigen kamer.

Dat hij erin slaagde zelfs afwezig te zijn toen mijn moeder doodging, kwam mij wel goed uit. Ik was als enige bij haar. Als je zo lang en zo vaak aan iemands ziekbed hebt gezeten, weet je wat er gebeurt. Ik hoorde aan mams ademhaling dat er iets veranderde. Ik was er de laatste dagen niet in geslaagd haar te laten eten. Had voor de zekerheid een deel van het eten weggegooid om geen argwaan te wekken. Drinken lukte ook niet meer. Ik maakte een washandje nat en hield haar lippen vochtig. Soms likte zij er met een uitgedroogde tong langs, en dan kneep ik voorzichtig wat druppels uit het washandje tussen haar lippen. Aan niemand vertelde ik dat ik het gevoel had dat ze aan het sterven was. Ik had al een paar keer meegemaakt wat er dan gebeurde, hoe mensen een paar kamers verderop gereanimeerd werden. Wie zo met dieren omgaat komt in de krant.

Ik was vastbesloten dat niemand meer aan mijn moeder zou komen. Het was genoeg geweest, ze hadden haar lang genoeg laten barsten, nu hoefde het niet meer.

49

Vlak voordat ze doodging hoorde ik een pruttelend geluid, waarna een afschuwelijke stank de kamer vulde.

Op dat moment kwam er een verpleegkundige binnen die mams pols pakte en het laken terugsloeg.

'Wat gaat u doen?'

'Je moeder moet verschoond worden.'

Ik trok het laken weer over haar heen.

'Mijn moeder gaat niet dood terwijl haar billen gewassen worden.'

'Ik doe het voor jou, hoor. Voor je moeder maakt het niets meer uit.'

'Laat ons met rust.'

Ze liep de kamer uit.

Mam deed haar ogen open, ik weet zeker dat ze in dat korte moment helder was. Ze glimlachte naar me en sloot haar ogen weer.

Het zachte suizende geluid van haar ademhaling stopte.

Net op tijd, want de deur ging open en zowaar als daar de dokter niet stond.

'We hebben gewonnen, mam!' heb ik triomfantelijk in haar oor gefluisterd, daarna moest ik weg. Toen ik haar weer mocht zien hadden ze haar netjes neergelegd, een schone nachtjapon aan, haren gekamd. Ze leek bijna iemand anders. Maar haar glimlach was er nog. Ik heb haar handen gepakt en voor het laatst de kleine gebogen streepjes van haar lijden gekust.

Sindsdien zal het mij een rotzorg zijn wat mensen van me denken.

Na de dood van mam ben ik bij een verre tante in huis gekomen. In ons eigen huis ben ik alleen nog maar de dagen tot de begrafenis geweest. Mijn spullen had ik al ingepakt.

Van de begrafenis herinner ik mij vooral hoe vrolijk mensen worden als het tot hen doordringt dat ze alweer niet aan de beurt zijn. Mij condoleerden ze met tranen in hun ogen, en een minuut later stonden ze met koffie en cake gezellig met elkaar te praten. Pa deed daar niet aan mee. Die zag eruit alsof hij elk moment in elkaar kon zakken. Ik ben niet meer dan tien minuten bij de nazit in de koffiekamer gebleven, ik had daar het gevoel alsof ik stikte. Toen ik me bij de deur nog een keer omdraaide, zag ik dat pa naar me keek. Hij bewoog zijn mond, maar natuurlijk kon ik niet horen wat hij zei.

Tante Aleid had mij gelukkig de sleutel al gegeven. Ik ben in wat mijn kamer zou worden op de rand van het bed gaan zitten wachten totdat ze thuiskwam.

Het was een mooie begrafenis, zei ze. En wat had dominee Vlerkens prachtig gesproken bij het graf!

Deze keer had ik geen bericht aan God gestuurd, maar evengoed had Hij de boomtak waaronder Vlerkens stond, af kunnen breken. Je hoeft toch niet altijd te wachten totdat iemand je wat vraagt. Maar er gebeurde niets. Het was mooi weer, er bromde een vliegtuigje boven ons, er floten vogels alsof het zomaar een leuke zomerdag was, en de kleren die ik aan had waren te warm. Terwijl het zweet langs mijn voorhoofd gleed, luisterde ik met stijgende razernij naar zijn woorden. Als ik er niet zelf bij was geweest, zou ik werkelijk geloofd hebben dat hij dag en nacht aan mams bed had gezeten. Met Vlerkens is het prettig sterven, dat was ongeveer wat hij uitdroeg.

Pa had hem ingehuurd, of hoe dat dan ook gaat bij dominees. Mam zou het gewild hebben, zei hij. Ik denk eerlijk gezegd dat het ook zo was, dus heb ik mij niet verzet. Maar toen hij in de aula naar me toe kwam heb ik mij omgedraaid. Het gelovige deel van de familie lag onder de grond, ik had verder geen boodschap meer aan hem.

Ik heb keurig mijn eindexamen gehaald, niet omdat het mij nuttig leek maar omdat je toch iets moet doen om de dagen door te komen. Omdat pa ervan uitging dat ik zou slagen, was ik ingeschreven bij de universiteit. Psychologie, dat leek me wel wat. Ik ben precies een maand naar college geweest, toen was ik zo ziek van die interessant doende pubers om mij heen dat ik een baantje heb gezocht.

Pa kende Anja al in die tijd. Ik wist het van tante voordat hij het mij vertelde. Toen hij met een kucherige, onhandige inleiding begon, heb ik gezegd dat het mij niet uitmaakte wat hij deed.

Later hoorde ik dat hij met haar in ons huis woonde, en toen ben ik eropaf gestapt.

Hij schrok zich rot toen hij me zag, en ik stond aan de grond genageld, want de grote foto van mam die altijd in de kamer hing, was naar de gang verbannen.

'Je ziet dat ze niet vergeten is,' zei hij.

In de kamer riep een slome vrouwenstem zijn naam.

'Ik wil nooit meer iets met je te maken hebben,' zei ik.

'Het leven gaat verder!' riep hij tegen mijn verdwijnende rug.

5

Ik schoof mijn eergevoel opzij en belde Pé op zijn mobiel, maar hij had zijn voicemail tussen ons in geschoven. Ik luisterde naar de neutrale vrouwenstem die beleefd de pauze inlaste waarin hij zijn naam kon inspre-
ken. Geen mens doet dat op een normale manier. Volgens mij lijdt iedereen aan plankenkoorts als het grote
moment nadert dat ze hun mond open mogen doen
om hun eigen naam uit te spreken. Een iets te lange
stilte, een inhaleren van lucht, en dan de plechtig uitgesproken naam. Alsof ze het jawoord uitspreken voor
de ambtenaar van de burgerlijke stand. Pé was geen
uitzondering. Ik luisterde naar de bestudeerd noncha-
lante manier waarop hij zichzelf aankondigde en had
meteen spijt van mijn poging met hem in contact te
komen. Wat een lullige manier van praten. Maar een
terug was er niet meer, dat is de pest met de moder-
ne communicatiemiddelen. Mijn nummer stond nu in
zijn mobiel genoteerd. Wie niet terugbelt doet dat om
allerlei redenen, behalve die ene, dat je domweg niet
weet dat je gebeld bent. En Pé belde niet terug, zodat
ik mij vernederd en beschaamd voelde.

Ik had iets tegen de eigentijdse manier van com-

municeren. Het ging mij te snel, en er was geen weg
terug. De fax had nog mogelijkheden geboden op dat
gebied, ik heb wat keren een A-viertje teruggerukt uit
een ratelende machine omdat ik spijt had van wat ik
aan het versturen was. Maar met een mail is dat on-
mogelijk. Een druk op de knop en het is gebeurd. Terwijl ik mijn haren nog uit mijn hoofd zit te trekken van
spijt, is de ander al bezig mijn berichtje te lezen.

Ik smeet mijn mobiel op de bank en ging ernaast
zitten. Alles in mij smeekte om een daad te stellen,
maar ik kon geen kant op. Ik wist niet eens of hij nog
wel bij die vriend woonde.

In feite wist ik helemaal niets. Ik zat tot de rand vol
emotie, maar of het verdriet, woede of liefde was, kon
ik niet meer vaststellen.

De post die sinds zijn vertrek dagelijks op de deurmat lag, had ik wekenlang keurig op een stapeltje voor
hem bewaard. Nu schreef ik in een opwelling 'adres
onbekend' op alle enveloppen. Die zooi ging straks
de brievenbus in. Er zaten belastingaanslagen bij, en
ik hoopte dat de jongens daar wel raad zouden weten
met iemand die ineens niet meer op z'n adres bereikbaar is als er betaald moet worden.

Ik was nog steeds vervuld van wraakgedachten. Pé
had me laten zitten en erger nog, hij gaf me niet de
kans te zeggen dat ik ook van hem baalde.

Ik liep peinzend door zijn werkkamer en bedacht
wat ik zou kunnen doen. Het gevoeligste punt bij hem
waren z'n boeken, ik vermoedde dat hij daar nog net
iets meer van hield dan van mij in onze goede tijd.

Ik overwoog het bad vol te laten lopen en daar zijn hele Pléiade-reeks in te mieteren. Wanneer hij thuiskwam, kon ik het altijd zien als hij een nieuwe uitgave aan zijn verzameling had toegevoegd. Zoals hij zo'n boek uitpakte en in zijn hand hield. De rug steunend op de middelvinger van zijn linkerhand, duim en wijsvinger onder de voorkant, op ringvinger en pink rustte de achterkant. Er zijn vaders die nonchalanter met hun pasgeboren kind omgaan.

Boeken die Pé kocht bleven opengeslagen op zijn hand liggen, zonder omhoog wapperende pagina's, volgens hem het kenmerk van een mooie uitgave. Hij kon over zo'n boek in vervoering raken.

'Moet je kijken hoe prachtig gedrukt! Moet je die band zien!'

Ik moest voorzichtig aan een pagina voelen, Bijbelpapier noemde hij het. En ik kon niet anders dan beamen dat het inderdaad een hoogtepunt van vakmanschap was.

Als ik heel goed op hem was, kocht ik zo'n boek voor hem. Het verzamelde werk van Jacques Prévert was het eerste, lang geleden. Ik wist toen niet dat hij de tekst van 'Les feuilles mortes' had geschreven. Ik wist zoveel niet, en wat dat betreft ben ik redelijk consequent geweest in mijn leven. Niemand zal mij betrappen op een overdaad aan parate kennis, een overvloed aan culturele bagage. Maar ik vond het heerlijk als hij mij in bed voorlas. Copla's van Hendrik de Vries. En op mijn verzoek zei hij regelmatig dat mooie kleine gedichtje van Van Schagen op, dat ik natuurlijk allang uit mijn hoofd kende maar zo graag uit zijn mond wilde horen:

> verdriet
> zie je niet
> je bent het
> soms went het
> soms niet

Nu was ik alleen met al die boeken die nog in zijn kasten stonden en ik pakte er lukraak het ene na het andere uit en bladerde erin.

Mensen zoals ik vragen altijd aan mensen zoals Pé: 'Goh, heb je die allemaal gelezen?' Een vraag waarmee je je iemands diepe minachting op de hals haalt.

Overigens ben ik nog nooit iemand tegengekomen die echt al z'n eigen boeken gelezen heeft. Boekenliefhebbers zijn junks, die geen mooie uitgave kunnen laten lopen. Ze lopen met het water in de mond antiquariaten af, altijd op zoek naar die ene eerste druk die ze voor een rotprijsje kunnen bemachtigen. Ze hebben meer boeken dan ze ooit kunnen lezen, dat kun je bewijzen door middel van een simpel rekensommetje.

Pé's boeken iets aandoen was erger dan hemzelf te grazen nemen, en elke mogelijkheid dat het ooit goed zou komen tussen ons, zou ik er onherroepelijk mee de grond in boren. Dus liet ik het, maar misschien zou ik het hoe dan ook niet gekund hebben, want een boek vermoorden is niet niks.

Minka belde toen ik net terug was van het laatste ommetje met Woezel. Ik had hem al afgelijnd en hield zijn drinkbak onder de kraan toen de telefoon ging.

'Tess? Mijn schoonmoeder heeft een beroerte gehad. Ze ligt in het ziekenhuis, ik moet er nu meteen naar toe. Roel zit in Venezuela. Kun je meteen naar mij toekomen, ik weet niemand anders om bij de kinderen te zijn.'

'Dan moet ik wel Woezel meenemen.'

'Maakt niet uit, hoe snel kun je hier zijn?'

'Twintig minuten.'

'Ik leg de sleutel onder de deurmat.'

Ze legde neer. Ik smeet lukraak wat spullen in een weekendtas en vijf minuten later zat ik in de auto, Woezel op de achterbank. Er was weinig verkeer, om deze tijd zat negentig procent van de mensen op de rand van hun bed.

Natuurlijk had ik Menno en Sander regelmatig gezien, maar of ze zouden accepteren dat ik in plaats van hun moeder midden in de nacht naast hun bed zou staan, betwijfelde ik. En pappa was er ook al niet. Hoe leg je zoiets uit aan twee jongetjes van net zes jaar?

Je kon er donder op zeggen dat Minka geen tijd had gehad een briefje voor me neer te leggen. Ik wist niets van de gang van zaken in haar huis. Geen idee wat de jongetjes als ontbijt kregen. Ik wist nauwelijks waar hun school was, hoe laat die begon, wat ze bij zich moesten hebben. Bleven ze over? Nee, dat in elk geval niet, laatst op de verjaarskoffie van Veer moest Minka wegrennen omdat de school uitging.

Ik parkeerde de auto voor het huis en haalde mijn weekendtas eruit. Ze had veel lichten aangelaten. Waar zou de kinderkamer zijn?

Woezel ging erbij zitten terwijl ik de sleutel zocht tussen een boel zand, aarde en dor blad onder de deurmat. Het maakte hem niet uit wat ik deed en waar we waren, zolang ik bij hem was. Kende ik maar meer levende wezens met die eigenschap.

Ik stapte het huis binnen en rook meteen de scherpe geur van iets wat aan het aanbranden was. Een dikke walm vulde de gang.

In de keuken stond een pan met een onbestemde korst erin op het gas. Ik draaide de knop om, deed het keukenraam open en liep de woonkamer in. Er was ander behang dan ik mij herinnerde, en op ronde tafeltjes aan weerszijden van de bank, met tot op de grond reikende kleedjes erover die verhulden dat het om in elkaar gespijkerd MDF van de Hubo ging, stonden tientallen familiefoto's. Op elk daarvan was de tweeling te zien. Met oma en opa. Met een andere oma en opa. Met nog veel meer kindjes op een feestje. Met Minka en Roel. Als baby, als peuter, als kleuter.

Ik ging op de bank zitten, Woezel aan m'n voeten.

Het voelde vreemd, zo in m'n eentje in het huis van een ander te zijn. Ik had trek in een glas wijn, maar had geen idee waar de glazen stonden, waar ik wijn kon vinden.

Ik zou hier in elk geval deze nacht slapen. Stond er een logeerbed klaar, of werd ik verondersteld in het bed van Minka en Roel te kruipen? En wat als ze in de loop van de nacht thuiskwam?

Ik zou handdoeken uit de linnenkast moeten halen, en in de badkamer Minka's spulletjes opzij moeten schuiven om plaats te maken voor de mijne.

Dat was allemaal nog niets vergeleken bij het gruwelijkste van alles: twee kleine jongetjes vertellen dat ze in de steek gelaten waren door mamma en pappa, want zo zouden ze het ongetwijfeld voelen.

Ik dacht aan Minka, die nu naast het bed van haar schoonmoeder zat in plaats van haar twee dochters, die het excuus dat ze Werkende Moeder zijn en dus nooit tijd hebben, gebruiken om te verbloemen dat ze hun moeder eigenlijk niet mogen. Een kil gezin, waarin Minka zich na jaren nog steeds een vreemde voelt.

Ze heeft me staaltjes verteld van de minachting waarmee ze door haar schoonzusjes behandeld wordt. Zij is de muts die met een pannenkoek in haar hand in regen en wind kinderen helpt oversteken, in plaats van met een mantelpak aan een vergadering van de ondernemingsraad te notuleren. De trut die meegaat met schoolreisjes. Het onbenul dat gazen vleugeltjes maakt voor de engeltjes in het kerstspel. De hansworst die je op kunt bellen als je in de file staat: 'Ach Mink, do me a favour... de vergadering liep uit en nu zit ik vast op de A2 en Petra moet naar ballet.'

De eeuwige schoondochter, altijd goed om op te draven als er iets onaangenaams gedaan moest worden, en die nu naast het ziekbed van een vrouw zat die haar nauwelijks op waarde wist te schatten.

Ergens in de straat klonk geblaf, en voordat ik besefte wat er gebeurde schoot Woezel luid blaffend als een speer naar het raam. Hij zette zijn poten op de vensterbank om naar buiten te kunnen kijken. Een glazen bak gevuld met planten viel met een klap op de grond in scherven. Ik hoorde nog iets, maar door het geblaf wist ik niet precies wat.

'Hou je kop!' schreeuwde ik woedend.

Hij was stil, keek langs mij heen naar de deur.

Ik draaide me om. In de deuropening stond een jongetje in een grijs pyjamaatje met verwarde haren en in z'n hand een felrode Lamborghini.

Hij keek één seconde van mij naar Woezel zonder te reageren. Toen vertrok zijn gezichtje, zijn mond sperde zich wijd open en hij produceerde een gekrijs met een volume dat je niet uit zoiets kleins zou verwachten.

Ik liep naar hem toe, maar Woezel was me voor. Hij is gek op kinderen, en zijn grote snuit snuffelde belangstellend aan dat lollige kleine wezentje, dat nu totaal hysterisch buiten adem raakte van het krijsen en bijna stikte.

Ik duwde Woezel opzij en probeerde het kind op te tillen, maar natuurlijk wilde hij dat niet.

Hij draaide zich om en rende krijsend de trap op, waar op hetzelfde moment zijn broertje brullend naar beneden kwam, een pluchen aap onder z'n arm.

Halverwege de trap werden ze elkaars luidruchtige spiegelbeeld. Woezel sprong vrolijk blaffend om me heen, dit was nog eens andere koek dan de saaie stilte die hij bij mij gewend was.

Ik gaf hem een mep en zonk neer op de onderste tree, mijn hoofd op mijn knieën.

Boven mij ging het gekrijs verder. Ik besefte dat ik deze kinderen een trauma aan het bezorgen was, maar er wilde mij niets te binnen schieten om de situatie in goede banen te leiden.

Ik weet niet hoe lang we daar zaten, maar het gehuil achter mij nam geleidelijk normalere vormen aan en verstomde uiteindelijk.

Stilte.

Ik bleef zitten, Woezel als een standbeeld naast mij.

'Jullie mamma heeft gevraagd of ik hier wilde komen. Ze moest ineens weg,' zei ik zonder mij om te draaien.

Stilte.

'Ik vind het rot dat jullie zo geschrokken zijn.'

Stilte.

'De hond heet Woezel. Hij doet niets.'

Ik draaide me om. De jongetjes, die dicht tegen elkaar aan zaten, verkasten meteen naar een hogere tree, maar ze liepen in elk geval niet weg.

'Jullie kennen mij toch wel?'

'Waar is mamma?'

'Naar oma, die is ineens ziek geworden en daarom is mamma naar haar toe. In het ziekenhuis.'

'Gaat ze dood?' Dat was aap die sprak. Lamborghini schrok ervan.

'Gaat ze dood?' echode hij.

'Je gaat naar een ziekenhuis om beter te worden.'

Stilte.

Ik stond op. De kinderen verstijfden maar bleven op dezelfde tree zitten.

'Ik ga iets te drinken zoeken. Ik heb zo'n dorst, maar ik weet hier de weg niet.'

'Er staat cola in de ijskast.'

'Willen jullie ook?'

Ze knikten. Het was ongelofelijk, zelfs hun bewegingen waren synchroon.

Ik liep naar de keuken zonder om te kijken, Woezel naast me.

Het duurde eventjes, maar toen hoorde ik hun kleine voeten de trap af komen.

Het was hartverscheurend.

Ze zaten op een keukenstoel, twee handjes om een groot glas cola, blauwgrijze schaduwen onder hun ogen.

Af en tóe sidderde een nasnik door tot in hun tengere schoudertjes.

En dan toch aap die met een dun stemmetje tegen z'n broertje zei: 'Leuk hè?' terwijl hij een stukje van z'n minimarsje afknabbelde, dat ze ook niet elke nacht kregen.

Het was misschien maar goed dat ik nooit kinderen heb gekregen. Ik zou de hele dag van ontroering lopen janken.

Ik keek op de klok. Halftwee. Misschien kon ik ze thuis houden morgen, ik hoefde tenslotte niks uit te leggen op school, ik was hun moeder niet.

Ze knabbelden hun Marsje op en dronken hun laatste slokje uit het glas, dat ze zo lang boven hun geheven hoofdjes hielden dat het leek alsof ze sterren aan het bestuderen waren.

'Leeg...' constateerden ze spijtig.

'En nu moeten jullie maar weer eens naar bed,' zei ik.

Ze wierpen synchroon een bedenkelijke blik op Woezel, die groot lag te wezen in de deuropening.

'Hij doet niks hè?' zei Lamborghini, die Sander heette of misschien wel Menno.

'Niks hè?' echode aap, die Menno heette of misschien wel Sander.

'Helemaal niks. Maar als jullie het eng vinden breng ik hem gewoon naar de kamer, dan hoeven jullie er niet langs.'

Ze knikten dankbaar, ik kon aan ze zien dat ik meeviel.

Ik duwde Woezel de kamer binnen, en ging er maar vanuit dat hij zo slim zou zijn niet door de scherven en de aarde te lopen.

'Zoooooo,' zei ik bezwerend. 'Dat is ook weer gedaan.'

Mijn stem zong een beetje, nog even en ik zou gaan wauwelen: 'Bedje toe.' 'Even plasje.' 'Lekker slaapje doen.'

Je hoefde zelf geen kinderen te hebben om het taaltje te ontdekken.

In de badkamer deden ze braaf een plasje.

64

Ze stonden als grote jongens naast elkaar voor de plee, hun aandoenlijke piemeltjes kwamen niet eens over de porseleinen rand.

'Sjo... handjes wassen,' ik ging er verdomd van slissen.

Ze sliepen bij elkaar in de kamer. In twee lollige ledikantjes, die ik vast zelf ook gekocht zou hebben als ik niet zo snel had besloten mijn laatste kans op moederschap te vergooien.

'Wanneer komt mamma?'

'Mamma komt weer.'

'En pappa?'

'Pappa komt ook weer.'

Ik aaide ze over hun haartjes. Aarzelde even. Ik had ze graag een zoen willen geven maar misschien zouden ze schrikken als er zo'n grote vreemde kop op ze afkwam.

Bij de deur deed ik het licht uit.

Ze schoten overeind.

O shit, natuurlijk, lichtje aan.

Ze gingen weer liggen.

'Ga maar lekker slapen. Woezel past op.'

'Op jou ook?'

'Dat doet hij altijd want dat kan hij heel erg goed. En nou past hij ook op jullie.'

'Woezel is lief,' besloten ze schijnheilig.

Ik liep de kamer uit.

'Deur op een kier...!'

'Oké.'

'Als we roepen, hoor je ons dan?'

'Roep eens!'

Ze giechelden en riepen toen uit volle borst 'mamma!'

'Ja hoor, dat hoor ik!'

Ik liep naar beneden. Woezel zou vannacht in de keuken moeten slapen, met de deur dicht. Ik moest er niet aan denken dat hij morgenochtend zijn kop in de ledikantjes zou duwen om te kijken of er al iemand wakker was.

Om drie uur belde Minka.

Ik sliep net. Had eerst de scherven en de aarde weggewerkt en de planten in een emmertje met wat water gezet. Daarna was ik op zoek gegaan naar een logeerkamer. Nergens te bekennen, dus was ik maar in het grote bed gekropen, aan de kant waar het hoofdkussen geurde naar White Linen. Het was goed dat ze mij wakker belde, want ik zat verstrikt in een ingewikkelde droom zonder perspectief.

'Hoe is het met de jongens?'

'Goed, ze werden wel even wakker.'

'Wat zeiden ze toen ze jou zagen?'

'O, dat viel mee. Ik heb het uitgelegd en dat begrepen ze wel.'

'En de hond? Sander is doodsbang voor honden.'

'Ze vinden hem lief. Dat is-ie ook. Maar hoe gaat het met je schoonmoeder?'

Haar stem veranderde.

'Stabiel. Maar nog in levensgevaar. De komende uren zal het erom spannen. Het is bijna zeker dat er functies beschadigd zijn.'

Het was duidelijk dat ze regelmatig werd bijgepraat in dat ziekenhuis.

'Ik kan hier voorlopig echt niet weg.'

'Dat hoeft toch ook niet. Ik ben hier.'

'Het is zo shit dat mijn moeder een baan heeft en mijn vader twee linkerhanden. Ik heb niks aan ze met dit soort dingen. Maar ik zal proberen zo gauw mogelijk iemand anders te regelen.'

'Als je dat maar laat!' zei ik woedend. 'Ik ben niet midden in de nacht uit mijn nest gekomen om hier voor een nachtje oppas te spelen.'

'Tess, ik weet hoe moeilijk dit voor je is.'

'Minka, die kinderen hebben genoeg te verwerken gehad. We kunnen het goed met elkaar vinden. We gaan morgen naar de speeltuin.'

'Weet jij dan een speeltuin?'

'O jee, zoveel!' zei ik.

Ik sliep diep en droomloos toen iemand mijn arm aanraakte.

'Ik heb in m'n bed geplast!'

'Ik ook,' klonk een identiek stemmetje in het donker.

Ik deed het lampje naast het bed aan.

Ze waren zo zeiknat dat ik geen enkele illusie had over de toestand waarin hun beddengoed verkeerde.

'Zijn jullie dan niet zindelijk?'

Ze knikten ijverig van ja.

'Maar we krijgen nooit drinken als we slapen gaan.'

De volstrekte onbevangenheid waarmee ze mij de schuld in mijn schoenen schoven, was verbijsterend. Als het er op deze leeftijd al in zit, wat voor illusies kun je dan koesteren over volwassen mannen.

Ik kwam mijn bed uit, duizelig van slaapgebrek. Nachten overslaan is nooit mijn sterkste kant geweest.

Het was precies zoals ik al vreesde, kletsnatte lakens lagen in een knoedel in de ledikanten, maar gelukkig lagen er zeiltjes tussen het onderlaken en de matras.

Ik haalde de bedjes af. In de badkamer had ik een wasmachine zien staan. Ik propte het beddengoed erin. Maar nu?

'Waar liggen de schone pyjama's?'

Ze trokken gedienstig een la open.

'Wie heeft de Donald Duck en wie de Mickey Mouse?'

Ze pakten hun pyjama.

'Oké, natte pyjama's uit, schone aan.'

'Je moet ons eerst wassen. Dat doet mamma ook altijd.'

'Onder de douche?'

Ze knikten.

Een halfuur later waren ze schoon en droog. Knikkebollend zaten ze op de rand van het grote bed. Nu nog even twee bedjes opmaken. Jezus, ik kon niet meer.

'Mogen jullie wel eens in het grote bed slapen?'

Ze aarzelden, keken elkaar aan en grepen hun kans.

68

'Tuurlijk!'

Even later lagen we met z'n drieën in het grote bed.

Ik zat uitgeteld aan het ontbijt, maar de kids hadden goede zin.

'We krijgen iedere ochtend een eitje,' zei aap, die duidelijk de grootste dondersteen van de twee was.

Ik keek hem aan.

'Weet je dat ik daar niets van geloof!'

Ze schaterden, stukjes brood vlogen uit hun open-gesperde mond, ik voelde me ineens moeder vogel in een nest.

'Maar we vinden het wel lekker,' zei Lamborghini. Tenminste, ik denk dat hij het was, want aap en auto lagen naast elkaar in de vensterbank.

'Dan kook ik toch gewoon een eitje voor jullie.'

Ze keken blij. Zo weinig is er dus voor nodig om een kind een plezier te doen.

Ik stond op om eieren uit de koelkast te halen. Ik was gevloerd. Ik had deze ochtend nog niet langer dan vijf minuten achter elkaar gezeten.

Zitten, overeind komen, iets pakken, iets neerleg-gen, iets oprapen, iets aangeven, iets afpakken, iets wegleggen. Je kunt nog beter een marathon lopen dan op twee kinderen passen.

Tegen de tijd dat ik in de speeltuin op een bankje zat voelde ik mij alsof ik staande in slaap zou kunnen vallen.

Maar de jongens hadden energie genoeg. Ze renden heen en weer. Klommen op schommels en de wip en verdwenen in merkwaardige bouwsels van waaruit ze door een gat ineens weer tevoorschijn kwamen. Roepend om mijn aandacht. Want wat er ook gebeurt, je zult met ze bezig zijn, dat is kennelijk een keiharde kindereis waaraan niet te ontkomen valt.

Ik zwaaide naar ze en toetste Noors nummer in op mijn mobiel.

Voicemail.

Geïrriteerd probeerde ik Veers nummer. Het duurde lang, maar ze nam tenminste op.

'Hoi Veer, ik was al bang dat jij er ook niet was.'

'Wie is er dan nog meer niet?'

'Noor. Weet jij waar ze uithangt?'

'Eh...'

Ik kreeg een onaangenaam voorgevoel.

'Waar ben jij, Veer?'

'Bij Patricia in Brussel.'

'Mag ik drie keer raden wie er nu in Brabant zitten?'

'Ik kon echt niet weigeren, Tess. Je weet hoe Noor is als ze iets wil.'

'De hoeveelste keer is dit al?'

Ze zweeg.

'Laat ook maar. Wanneer mag je weer terugkomen?'

'Over drie dagen.'

'Dan ben ik er misschien ook weer.'

'Waar ben je dan?'

Ik vertelde in het kort wat er aan de hand was.

'Ach god, wat sneu. Kunnen we iets voor haar doen?'

'Daar ben ik mee bezig.'

Toen ik mijn mobiel wegborg en opkeek van mijn tas, was de helft van de tweeling verdwenen. De andere helft zat op de schommel.

'Waar is je broertje!' schreeuwde ik, terwijl ik naar hem toe rende.

Hij keek me niet-begrijpend aan.

Ik sleurde hem van de schommel.

'Waar is Sander?'

'Ik ben Sander.'

'Waar is Menno?'

Hij haalde z'n schouders op. Ik keek rond. Kinderen genoeg, maar niet dat ene kind. Op alle bankjes zaten moeders en vaders, die zo te zien niet eens speciaal op hun kind letten. Maar die van mij was weg, terwijl ik tot nu toe mijn blik geen tel van de kinderen had afgewend. Ik dwong mezelf tot nadenken.

Normaal gesproken raken kinderen niet zoek in een speeltuin. Hij was gewoon ergens waar ik hem niet kon zien. Maar dat is nu juist de definitie van zoek-zijn.

Ik liep van het ene speeltuig naar het andere, terwijl ik Sander met me meetrok. Het zou me niet gebeuren dat nummer twee straks ook weg was. Sander begon te huilen, dit was niet wat hij leuk vond om te doen in een speeltuin. Ik negeerde hem, rende met hem langs de bankjes.

'Heeft u dit jongetje gezien?'

Drie moeders keken me aan alsof ik gek was.

'Ik bedoel net zo'n jongetje als dit. Het is een tweeling. Ik ben er eentje kwijt.'

Ze schudden ontkennend hun hoofd, zagen kennelijk aan me dat ik op het punt stond in huilen uit te barsten.

'Er gebeurt hier nooit iets vervelends,' zei de een.

'We zullen opletten,' zei de ander.

'En als ik hem vind, wat doe ik dan met hem?' vroeg de derde. Dat was een goeie, ik had werkelijk geen idee.

'Naar het kantoortje brengen natuurlijk,' zei nummer twee.

Dat was in elk geval opgelost. Ik was al op weg naar het volgende bankje. Sander huilde nu hartverscheurend. Er werd bestraffend naar me gekeken, zo ga je niet met je kind om. En niemand had iets gezien of gehoord of gemerkt.

Kinderen kunnen kennelijk zomaar verdwijnen.

Ik stond stil en keek verdwaasd om me heen.

Je kwam meisjes van achttien tegen die met een hele kleuterklas op weg zijn naar de kinderboerderij. Ik kon nog niet eens op tweemaal één kind letten. Was er water in de buurt waarin hij gevallen zou kunnen zijn? Liep hij ergens op straat waar hij elk moment overreden zou kunnen worden? Zie je wel dat ik er niet geschikt voor was. Nog geen vierentwintig uur had ik de verantwoordelijkheid en het ging al mis.

Een van de vrouwen kwam naar me toe.

'Er is hier een apart hoekje met een zandbak voor

de kleintjes. Ze zijn er wel te oud voor, zo te zien, maar je weet nooit.'

Ze wees. Ik was al weg.

Ik zag hem meteen. Het grootste jongetje in de zandbak. Tot z'n oksel in een zandberg was hij bezig een tunnel te graven. Daar zou de Lamborghini ongetwijfeld straks door moeten scheuren. Ik stapte de zandbak in en pakte hem op. Ik stond werkelijk te janken als een idioot, en van de weeromstuit begon hij ook. We huilden nu alle drie, op de rand van de zandbak, ik in het midden, mijn armen om ze heen.

6

In totaal woonde ik vijf dagen in Minka's huis, en in die tijd raakte ik verslingerd aan die twee jongetjes. Ik begreep niet meer waarom ik ze niet meteen uit elkaar had kunnen houden. Als je goed op ze lette, hun manier van praten, hun oogopslag, hun motoriek, waren er verschillen genoeg.

Ik had een bed opgemaakt in een rommelkamertje waarin ik bij nadere inspectie een bed ontdekt had onder stapels ongestreken wasgoed, en ik had nieuwe lakens op het tweepersoons bed van Minka gelegd.

Ze was een paar keer thuis geweest, om de jochies even te zien en schone kleren te halen. Haar schoonmoeder was niet meer in levensgevaar, maar als er niemand naast haar bed zat, werd ze onrustig en dat kon ze er in deze toestand niet bij hebben. Dus bleef Minka tot het einde van de week in het ziekenhuis.

Dat haar schoonmoeder nooit meer in haar eigen huis terug zou komen was nu al duidelijk, maar wonderbaarlijk genoeg was er een plek voor haar gevonden in een verpleeghuis, waar ze na een revalidatieperiode kon worden opgenomen. En wie anders dan Minka zou de verhuizing regelen.

Ze vroeg of ik de dagen dat ze daarmee bezig zou zijn weer bij de kinderen wilde komen, en het kostte me moeite niet al te uitbundig te reageren.

Maar voor het moment had ik geen rol meer in haar huis. Ik voelde me rot toen ik mijn weekendtas inpakte en naar mijn eigen huis vertrok. Dat Menno en Sander in tranen uitbarstten toen ik afscheid van ze nam, deed me intens goed. Zelf had ik trouwens ook moeite het brok in mijn keel weg te slikken. Ik hurkte, omhelsde ze allebei en beloofde dat ik gauw terug zou komen, en dat we dan leuke dingen gingen doen.

Op de achtergrond keek Minka toe, een vertederde glimlach om haar mond. Toen ik overeind kwam, liepen de jongetjes naar haar toe, ze gingen ieder aan een kant van haar staan, als kleine boekensteunen. Minka legde om elk van de tengere schoudertjes een arm en haar zoontjes vlijden gelijktijdig hun hoofd tegen haar middel.

Afgunst flitste als een steekvlam door me heen.

Ik pakte mijn weekendtas op, riep Woezel en draaide me om. Minka liep mee naar de voordeur, en daar vond de onvermijdelijke afscheidsscène plaats.

Haar handen op mijn schouders, haar vochtige ogen te dicht bij de mijne.

'God Tess, dat je het op kon brengen, ik vind het zo groot van je!'

Ze sloot me in haar armen en zoende me drie keer.

Ik zei maar niet dat ik tijdens slapeloze nachten gefantaseerd had dat er met haar en Roel iets zou gebeuren, zodat ik haar twee kinderen onder mijn hoede zou krijgen.

'Je weet dat je altijd op mij kunt rekenen.'

'Je bent een kanjer!' zei ze ontroerd en omhelsde mij nog eens.

We hebben in dezelfde periode gedeeltelijk hetzelfde traject doorlopen. De onderzoeken. De constatering van verkleefde eierstokken. De reparatie daarvan. De hoop dat het nu goed zou komen. We hebben elkaar wat keren gebeld, Minka en ik. Jankend als we weer eens ongesteld waren geworden terwijl we na vier dagen overtijd al terloops bij Prenatal waren binnengelopen. Vervolgens onderging ik drie in-vitro's die mijn leven volkomen ontregelden en niets opleverden, en zij één, die meteen aansloeg en eindigde in een miskraam.

We vielen allebei in de categorie 'uitgesteld moederschap', een term die in feite 'eigen schuld, dikke bult' betekent en een forse kans op vruchtbaarheidsproblemen met zich meebrengt.

Ik was mij daar trouwens niet van bewust toen ik het beginnen aan kinderen steeds weer uitstelde, maar ik durf niet te beweren dat ik er eerder aan begonnen zou zijn als ik het wél geweten had.

We hadden het zo heerlijk, Pé en ik. We hebben eindeloos rondgezworven, met rugzakken en een tentje. Maandenlang leven van drie keer niks in landen waar we nooit toeristen tegenkwamen omdat die in de luxehotels met airco en zwembad zaten.

Ik had die jaren voor geen goud willen missen, maar soms is er dat vage gevoel van spijt, omdat ik misschien een gezin had kunnen hebben als we andere keuzes gemaakt hadden.

Na de in-vitro's spraken Pé en ik af dat het uit was met dokteren. Zwanger worden was van Big Item veranderd in Only Item, en onze relatie begon onder druk te staan door verplicht neuken voor hem en evengoed ongesteld worden van mij.

Natuurlijk koesterden we de hoop dat ik alsnog zwanger zou worden. Je hoort het zo vaak: vrouwen die de moed opgegeven hebben, zich er niet meer mee bezighouden, en bingo, daar klopt het kindje aan de deur. Maar het gebeurde niet, en omdat ik nog steeds die gespannenheid had als de datum naderde waarop ik moest menstrueren, maakte ik een afspraak voor een sterilisatie.

Het gaf mij het ferme gevoel dat ik op dit gebied eindelijk de touwtjes weer eens in handen had. In dezelfde week dat ik opgenomen werd en een dag later onvruchtbaar thuiskwam, vertelde Minka stralend dat ze zwanger was. Acht maanden later wierp ze zonder noemenswaardige problemen een jongenstweeling. We hebben elkaar daarna niet zo vaak meer opgezocht als eerst, zonder dat ooit uit te praten. Maar natuurlijk was dat niet nodig.

Zij begreep beter dan wie ook dat ik het niet kon aanzien, die overdaad van tweemaal één baby. En ik begreep hoeveel moeite het haar kostte om niet te tonen hoe blij ze was.

Ik liet Woezel voor de derde keer deze dag uit, en het was nog steeds pas middag. Hij wist niet wat hem overkwam. Zoveel geduld, zulke lange wandelingetjes, zoveel aandacht, dat was lang niet gebeurd.

Maar hij was dan ook het enige wat ik nog had, dacht ik sentimenteel toen ik met hem langs de eenden liep, het enige wat nog aan de goeie ouwe tijd met Pé herinnerde.

Ik vroeg me af of hij Pé miste. Als dat al zo was, liet hij er niets van merken. Net zomin als ikzelf trouwens.

Ik ben niet het type dat met roodbehuilde ogen rondloopt. Bij mij zet verdriet zich om in een soort stilte in mijn lijf, een gevoelloosheid, alsof ik in een koelcel terecht ben gekomen.

Ik had het de hele dag koud. Rillerig van verdriet, zodat ik met een warme kruik naar bed ging, die ik in mijn armen geklemd hield totdat ik in slaap viel.

Aan de overkant van de met groen kroos bedekte vijver stond een reiger zo roerloos dat hij me pas opviel toen ik dichterbij kwam. Hij straalde een kille hooghartigheid uit, en het onbewegelijke wachten had iets onheilspellends.

Plotseling schoot zijn snavel een eind onder water, om even later tevoorschijn te komen met een spartelende vis die de reiger met een onwaarschijnlijke snelheid naar binnen werkte. Het gemorste kroos gaf een scherp accent aan het grijs van z'n veren.

Altijd alleen, altijd alert. Nooit eens gezellig een

deuntje meetsjilpen met de andere vogels.

Misschien irriteerde het hem dat er zo naar hem gekeken werd. Hij spreidde zijn vleugels en zeilde laag over het groene water naar de andere kant van de vijver. Zelfs vogels ontvluchten mijn gezelschap, dacht ik vol zelfmedelijden.

Dicht bij huis kwam ik de buurvrouw van een paar deuren verderop tegen.

'Is je man op reis? Ik zie hem nooit meer,' zei ze.

Ik kon het niet bewijzen, maar ik was ervan overtuigd dat ze verdomd goed wist dat Pé niet meer bij mij woonde. Die dingen spreken zich rond. Ze keek ook net iets te vals toen ze haar vraag stelde. Maar wat de lol was, ontging me. Ik mompelde iets en liep langs haar heen.

Toen ik Woezel en mijzelf eten had gegeven, mijn cassoulet uit blik rook precies als zijn Pedigree, ging ik achter mijn computer zitten.

Aan het begin van de week had ik eindelijk een paar maffe slogans naar Coen gemaild voor het bestek dat ze aan de man moesten brengen.

Vijf minuten later hing hij aan de telefoon. Hij had meer van me verwacht, zei hij.

Ik ook van mijzelf, zei ik zo opgewekt mogelijk, in de hoop de stemming ten goede te keren. Maar hij trapte er niet in.

'Waarom heb je ze dan gemaild?'

Daar wist ik zo snel geen antwoord op.

Hij gaf me nog drie dagen, zei hij, en legde na een

koele groet neer, mij met een pesthumeur achterlatend.

Ik heb nooit geloofd in vriendschappelijke verhoudingen met een opdrachtgever. Die hele joviale voornamencultus hoeft wat mij betreft niet, het suggereert een gelijkheid die er niet is.

Vroeger waren de werkverhoudingen een stuk duidelijker.

De man die met 'meneer' werd aangesproken had de macht om mannen die met hun voornaam werden aangesproken te ontslaan. Op die manier wist iedereen waar ie aan toe was.

Maar ik was straks mijn voornaamste bron van inkomsten kwijt door een man die ik Coen noemde, en die mij uitgebreid over zijn vakanties en de baarmoederoperatie van zijn vrouw verteld had.

Ik maakte me zorgen. Als het niet goed afliep met deze opdracht, zou mijn leven er financieel gezien niet makkelijker op worden. Goddank had ik nog een paar vaste opdrachten bij huis-aan-huisbladen, dus omkomen van de honger zou ik niet. Maar ik zou meer keuzes moeten maken dan ik tot nu toe gewend was. Tussen bij De Maegd eten of thuis een blik opentrekken, bijvoorbeeld.

Ik had me net geïnstalleerd voor de televisie.

Thee in een thermoskan op het tafeltje, een megazak handgemaakte Belgische bonbons geleegd in een Chinese kom.

Tom Cruise over zeven minuten op Canvas.

Toen werd er gebeld.

Ik was op slag uit mijn humeur, en de enige reden dat ik toch naar de voordeur liep was dat het Pé zou kunnen zijn, die zijn huissleutel bij zijn vertrek zo demonstratief op de keukentafel had achtergelaten.

De teleurstelling hakte er diep in.

'God Veer, wat een verrassing!' zei ik mat.

Ze schoof langs me heen de gang in.

Ze was hier vaker geweest en als vanzelfsprekend liet ze zich in de stoel van Pé vallen, een versleten leren clubfauteuil die nog in zijn studentenkamer had gestaan. Ik kon het eigenlijk niet hebben daar iemand anders in te zien, maar ik kon haar er moeilijk uit sleuren.

'Wil je iets drinken?'

'Water graag.'

Ze streelde afwezig de kop van Woezel, terwijl ze met haar ogen mijn bewegingen volgde.

'Pé nog steeds weg?'

Ik knikte, ik bleef het moeilijk vinden erover te praten, bovendien had ik de bijgelovige angst dat ik hem door het uit te spreken voorgoed van mij weg zou jagen.

'Als je eraan gewend bent, is alleen wonen zo gek nog niet.'

Ze droeg een wijde trui over een grijze Armani-jeans. Daaronder was een stukje wit T-shirt zichtbaar, het stiksel aan de hals was losgeraakt.

Ik zette een glas Spa voor haar neer en ze begon er meteen van te drinken, waarna ze met zorg de dikste bonbon uitkoos en eraan begon te knabbelen.

Ik ging tegenover haar zitten en stak een sigaret op.

Pé's schuld, ik was er net zo mooi vanaf, maar tijdens die eenzame avonden waarin ik het naar bed gaan zo lang mogelijk uitstelde, was ik weer voor de bijl gegaan.

Na het eerste trekje en de hoestbui die erop volgde, viel een stilte die zo lang duurde dat er niets anders op zat dan te informeren naar het doel van haar komst.

'Fred,' zei ze.

'O.'

Ze leunde voorover, op haar wijsvinger zat een plekje gesmolten chocola, op haar sweater een diepbruine veeg.

'Ik ben iets te weten gekomen. Iets rots. En ik weet eigenlijk niet wat ik ermee aan moet. Misschien dat jij een idee hebt.'

'Dan moet ik toch eerst weten waar het over gaat.'

Haar glas was leeg, maar ze bleef het vasthouden.

'Fred heeft iets met een andere vrouw!'

Ik moest het even laten bezinken.

'Je bedoelt behalve met Noor met nog iemand?'

Ze knikte en strekte haar hand met het lege glas erin naar me uit. Ik vulde het en zette de fles naast haar stoel.

Woezel stond op, liep zich uitrekkend de halve kamer door om zich vervolgens met een plof weer op dezelfde plek te laten vallen.

'Wat moeten we nou?' zei Veer hulpeloos.

'Hoe ben je erachter gekomen?'

'Stom toevallig. Ik stond voor een stoplicht op de Bezuidenhoutseweg en ik keek een beetje om me heen. Toen zag ik hem uit een huis komen, de manier waarop hij afscheid nam van die vrouw...'

'En dat is alles? Eén keer? Ik vind het niet erg overtuigend, Veer.'

'Ik ben daar een beetje gaan rondkijken.' Ze kreeg blosjes op haar wangen, het was duidelijk dat ze zich geneerde. Liep je als volwassen vrouw door een straat in de hoop iemand met z'n minnares te betrappen.

'Maar de keren dat ik langs het huis liep, heb ik hem niet gezien. Toen kwam ik op het idee om op dezelfde dag en dezelfde tijd langs te rijden als die eerste keer dat ik hem had gespot. Hij zit toch bij de Rotary of zoiets? Die clubavond was het. En bingo. Zelfde tijd, zelfde vrouw. De week erop was het weer raak. Afgelopen dinsdag was dat. Als je me niet gelooft, ga dan zelf dinsdagavond kijken.'

Maar ik geloofde haar zo ook wel.

7

Natuurlijk moest Noor het weten, daarover waren Veer en ik het eens. Maar hoe vertel je zoiets? En waar?

Ik had geen idee hoe ze zou reageren. Stel dat ze over haar toeren zou raken. Dit was vermoedelijk de eerste keer in haar leven dat haar zoiets overkwam. Zij was altijd degene die verhoudingen begon en beeindigde, en de aard ervan bepaalde. Hoe zou ze deze volstrekt nieuwe situatie hanteren? Voor Freds fysieke kwaliteiten begon ik overigens een vage bewondering te voelen. Volgens Noor was hij een verrukkelijk beest in bed. Onvermoeibaar in het haar en zichzelf bezorgen van het ene orgasme na het andere. Nooit zo lekker klaargekomen. Je moest haar werkelijk de mond snoeren, anders raakte ze er niet over uitgepraat. Alsof neuken niet de simpelste bezigheid in de wereld is. Een pannenlap breien is moeilijker.

Ondertussen zou hij thuis bij Carolien toch ook regelmatig iets van zich moeten laten merken in bed. En dan nog energie genoeg overhouden om een derde mevrouw te bedienen. Waar hij het vandaan haalde! En wat ergerniswekkend dat hij het telkens weer voor elkaar kreeg. Oké, hij was aantrekkelijk, maar dat verklaarde niet genoeg. Het gemak waarmee mannen op nagenoeg iedere leeftijd aan vrouwen komen, is domweg gebaseerd op het feit dat te veel vrouwen met een natte vinger te lijmen zijn.

Uiteindelijk vertelde ik het Noor toch maar in De Maegd, omdat ze zich daar zou moeten inhouden, hoe hard de klap ook was die ik haar ging toedienen.

Veer wilde er niet bij zijn. Ze vond het te erg, zei ze, met tranen in haar ogen. Ik mocht natuurlijk wel vertellen dat zij degene was die het had ontdekt.

Noor luisterde zwijgend naar mijn korte uiteenzetting, maar haar ogen vernauwden zich en haar vingers begonnen staccato op het tafelblad te trommelen.

Onder zo'n soort muzikale begeleiding werd Marie Antoinette in een kar naar het schavot gereden. Het kostte me weinig moeite te raden wiens hoofd er in haar gedachten in de mand onder de guillotine rolde.

'De klootzak,' zei ze zacht, toen ik uitgepraat was.

Daarna duurde het een eeuwigheid voordat ze weer iets zei.

Ik had het gevoel dat ze mij vergeten was, totdat ze 'Daar gaat hij spijt van krijgen,' mompelde.

Ik twijfelde er geen moment aan.

Carolien was ironisch genoeg een weekje met Fred in Parijs toen Noor haar plannen aan Vera en mij voorlegde.

De laatste keer dat we elkaar in De Maegd zagen,

had Carolien er uitgebreid over gepraat. Hoe verrukkelijk het is om af en toe weer eens samen op huwelijksreis te zijn. En hoe stimulerend andere bedden zijn voor je seksleven.

Veer en ik durfden elkaar niet aan te kijken, laat staan te reageren. Maar Noor ging erop in. Aan niets was te merken dat Fred die uitspraak een jaar lang met haar in de praktijk had gebracht. Ze hield een lofrede op Het Andere Bed, waar Carolien verrukt op reageerde, twee verwante zielen, terwijl wij verder onderuitzakten op onze stoel.

'Ik heb jouw huis nodig, Veer,' zei Noor op de vrolijke manier van iemand die een uitstapje voorbereidt.

'Waarom?'

'Voor de afrekening.'

Veer schoot overeind. 'Je gaat hem toch niet iets aandoen, in mijn huis?' zei ze.

Een van haar schoudervullingen was afgezakt en puilde als een bizarre biceps door de mouw van haar trui heen.

'Natuurlijk niet. Maar ik ga het hem wel heel moeilijk maken. Ik pik zulke dingen niet. Er is ook nog zoiets als trouw.'

Er viel een stilte. Ik keek naar Noor, die er prachtig uitzag in een beige kasjmier coltrui, en zich duidelijk niet bewust was van de enormiteit van haar uitspraak.

Ik vroeg me af wat Fred mankeerde, waarom hij naast Carolien en Noor nog een andere vrouw aan zijn verzameling moest toevoegen. Rupsje Nooit Genoeg. Zou hij een speciaal notitieboekje bijhouden, met de

namen van zijn vriendinnen erin, de data van hun ont-
moetingen, het aantal keren dat hij ze had geneukt?
Er zijn mannen die op zulke dingen kicken.

Noor keek van de een naar de ander.

'Ik zou het fijn vinden als jullie erbij waren.'

'Het lijkt me iets tussen Fred en jou, Noor,' zei ik.

'Jullie hoeven je er ook niet mee te bemoeien.'

'Wat moeten we dan wel doen?'

'Gewoon, er zijn! Het maakt het voor hem verne-
derender om af te gaan waar jullie bij zijn. Bovendien,
wat moet ik in m'n eentje als Fred vervelend wordt?'

'Wanneer moet het gebeuren?' vroeg Veer.

'Hij komt dinsdag uit Parijs. Hem kennende maakt
hij meteen een afspraak met me. Dat doet hij altijd als
hij een tijdje met Carolien opgescheept heeft gezeten.
Midden volgende week dus.'

Ze leek de Bezuidenhoutse variant volkomen over
het hoofd te zien. Haar jukbeenderen hadden vurige
blosjes, zoals altijd als ze te veel gedronken had, maar
haar ogen stonden helder.

'Kan ik op jullie rekenen?'

Ik voelde er niets voor, en op een ander moment
in mijn leven zou ik niet zo makkelijk overstag zijn
gegaan, maar omdat niets mij meer echt kon schelen
sinds Pé was opgestapt, haalde ik mijn schouders op
en beloofde dat ik wel mee zou gaan. Dat Veer hetzelfde deed verbaasde me niet. Er moet heel wat gebeuren
wil Vera dwars gaan liggen.

'Moeten we Minka inseinen?' Noor keek ons vra-
gend aan.

'Veel te ingewikkeld met oppassen en zo,' zei ik. Ik vertelde maar niet dat Minka reuze lol zou hebben als ze van het bedrog zou horen. Ze haatte vrouwen die het met getrouwde mannen doen, zoals bijna iedere vrouw met een relatie die ik ken.

'Dat is dan geregeld. Nu de details.'

Haar plan was simpel.

Noor zou een afspraak maken met Fred in het huis van Veer.

Eenmaal daar zou ze hem confronteren met zijn ontrouw.

Vanaf dat punt was er niets zeker.

Hij zou in elk geval beginnen met ontkennen, daar kon je vergif op innemen. Daarna zou hij over kunnen gaan op een bekentenis in combinatie met een spijtbetuiging. Dat zou mooi zijn. Fred op z'n knieën en Noor als godin van de wrakende gerechtigheid die niets meer met hem te maken wilde hebben. Het was natuurlijk de optie waar wij de voorkeur aan gaven, maar die het minst waarschijnlijk leek. Het lag volgens Noor meer voor de hand dat hij vervelend zou worden, agressief misschien. De aanwezigheid van Veer en mij zou in elk geval voorkomen dat het uit de hand liep.

'Waarom zou hij niet gewoon de deur uit lopen?' vroeg Veer.

We keken haar verbluft aan. Aan die mogelijkheid hadden we geen seconde gedacht, maar ze had gelijk. Waarom zou Fred niet gewoon in z'n auto stappen, zodra het hem duidelijk werd dat hij niet was uitgenodigd voor een potje vreemdgaan? Er zijn tenslotte weinig dingen waaraan mannen zo'n pesthekel hebben als aan relatiegesprekken. Je kunt het ze niet eens kwalijk nemen want onder die noemer wordt meestal een zak verwijten over ze leeggeschud. En ik moet de eerste man nog meemaken die dat geduldig blijft uitzitten.

'Ik bind hem vast,' zei Noor. 'Daar wordt hij bloedgeil van.'

'Wat heb je aan een bloedgeile man die niks kan doen omdat hij vastgebonden is?' vroeg Veer zich hardop af.

We negeerden haar.

'Dat wordt vechten, Noor, natuurlijk laat hij zich niet vastbinden op een stoel, je moet iets anders bedenken.'

Er viel een stilte. Bart hield ons nauwlettend in de gaten. Het gebeurde zelden dat we zo lang met lege glazen bleven zitten.

'Ik pik zijn autosleuteltje in. Dan zal hij wel moeten blijven totdat ik uitgepraat ben!'

Het was geniaal in z'n eenvoud.

'Ik vraag of hij donderdagmiddag komt. Als wij er dan 's ochtends al zijn, hebben we alle tijd om ons voor te bereiden.'

Ik was zo moe van het nachtenlang tobberig wakker liggen en aan Pé denken dat het hele geval mij weinig kon schelen. Maar Noor zat rechtop als een standbeeld, haar donkere ogen groot en glanzend, en ik betwijfelde of ze zich er nog van bewust was dat wij bij haar aan het tafeltje zaten.

Toen ik thuiskwam van het laatste rondje lopen met Woezel, hoorde ik de telefoon terwijl ik naar mijn sleutel stond te zoeken.

Ik voelde dat het Pé was die belde, al zei dat niets, want iedere keer als de telefoon ging dacht ik dat.

In stilte vervloekte ik mijzelf.

Wanneer leerde ik nu eens mijn mobiel bij me te dragen, zoals alle beschaafde mensen doen. Nu lag hij bij de bank op de grond, ik zag het rotding voor me terwijl ik mijn tas omkeerde bij de lantarenpaal voor mijn deur om beter te kunnen zoeken. De sleutel viel in een lawine van benzinebonnetjes, lipsticks, creditcards en losse euro's op de grond. Ik griste 'm uit de troep en rende naar de voordeur, maar toen ik die open had, hield het bellen op.

Bijna jankend van teleurstelling slofte ik terug naar de lantarenpaal, waar Woezel braaf op mijn bezittingen zat te passen. Ik propte alles weer in mijn tas.

Natuurlijk was het Pé, wie anders zou mij om deze tijd bellen. En deze keer was het ook zo. Ik staarde naar het bekende nummer op mijn mobiel. Maar ik mocht hangen als ik hem terug ging bellen. Hij moest zonodig opstappen, dan moest hij er ook maar voor zorgen dat ik hem terug wilde. Een man bellen met wie je in een heikele situatie verkeert is het stomste wat je kunt doen, ze krijgen er meteen kapsones door.

Ik ging op de rand van de bank zitten en stak een sigaret op.

In m'n onderbuik begon het te krampen.

Ik schopte m'n schoenen uit en liep naar de plee.

Ik zat nog niet of mijn mobiel ging weer. Deze keer lag ie op de keukentafel. Terwijl ik zeker wist dat de man van mijn leven mij probeerde te bereiken, was ik met mijn slip op mijn enkels volstrekt machteloos.

8

We zeiden op weg naar Brabant nauwelijks iets tegen elkaar. Noor had voor de gelegenheid de grote Saab van Charles uit de garage gehaald, vanwege de ruimte. Hij was drie dagen eerder voor een paar weken naar Nashville vertrokken, wat Noor bijzonder goed uitkwam.

Toen ik met tegenzin opstond die ochtend, viel de regen met bakken uit de hemel. Nu was het droog, maar voor de grauwe lucht schoven nog grauwere wolken, en het zag ernaar uit dat het elk moment weer kon gaan plenzen. Ideaal weer om een relatie te beëindigen, dat wel.

Ik zat met Woezel naast me op de achterbank en keek naar buiten, terwijl ik aan Pé dacht. Hoe langer ik hem niet zag, hoe intenser ik hem miste. Doorlopend schoten mij gebeurtenissen te binnen die op het moment zelf geen bijzondere betekenis hadden gehad. Samen koken, elkaars gerechten proeven, redetwisten over de hoeveelheid peper, na het eten de borden van ons af schuiven en doorgaan met de wijn, ellebogen op tafel, praten over het onderwerp dat ons op dat moment zo bezighield dat we het gesprek niet wilden onderbreken voor zoiets onbenulligs als het naar de keuken brengen van vuile borden.

Nachten vrijen of praten, ik zou niet kunnen zeggen wat mij achteraf het dierbaarst was. In elk geval was het toen heel gewoon. Net zoals de periodes waarin onze relatie op de rand van de afgrond balanceerde. Het was een vast patroon dat ik eens in de zoveel tijd door het lint ging als ik aan zijn leugens en ontrouw dacht. Ik vond eerlijk gezegd dat ik daar recht op had. Een potje krijsen leek mij heel wat gezonder dan maagzweren als gevolg van opgekropte emoties. Wat ik niet besefte was dat mijn terugkerende verwijten steeds zwaarder gingen drukken op Pé.

Terwijl ik mij van niets bewust was, liep hij na te denken over afstand nemen, een tijdje uit elkaar gaan. Ondertussen denderde ik door met mijn stemmingen en humeuren, die voor mij niet meer waren dan de vertaling van onzekerheid en onbehagen, totdat hij er genoeg van had en opstapte.

Zo simpel liggen die dingen soms.

En het ergste was: er wilde mij werkelijk niets te binnen schieten waarmee ik hem terug zou kunnen krijgen.

We stopten en Veer maakte het grote hek open zodat Noor naar binnen kon rijden. Ze liet het openstaan, handig straks voor Fred, en we reden naar het oude huis dat er ondanks de gesloten diepgroene luiken uitnodigend uitzag, een huis als een illustratie in een kinderboek, met een laag rieten dak en een halfronde er-

93

ker. De tuin was verwaarloosd sinds de tuinman met pensioen was gegaan, Veer had nog geen andere kunnen vinden.

Terwijl wij onze weekendtassen uit de auto pakten, maakte Veer de voordeur open. Het was de bedoeling dat we de nacht in het huis zouden doorbrengen, omdat Noor dacht dat de confrontatie met Fred lang zou kunnen duren. We hadden biefstuk gekocht, brood en kant-en-klare salades. Drank was er altijd in huis, dus wat kon ons gebeuren.

We gooiden onze tassen in de slaapkamers en gingen naar de keuken, waar we meestal zaten, bij de immens grote open haard met de haken waaraan lang geleden dag en nacht de soepketel bungelde.

Veer was bezig met de luiken, ze verscheen telkens voor een ander raam om ze vast te zetten zodat ze niet in de wind gingen klapperen. Haar blonde haren waaiden naar alle kanten, het zag er surrealistisch uit tegen de achtergrond van loodgrijze wolken.

Grauw licht kwam door de ramen naar binnen. Het liet zich verjagen door het schijnsel van de lampen, maar bleef aan de andere kant van het raam op de loer liggen, klaar om toe te slaan.

Terwijl Veer eieren bakte en ik koffie zette en brood sneed, trok Noor zich terug. Ze had geen honger, zei ze. Als we het niet erg vonden wilde ze graag met rust gelaten worden. Trouwens, als we het wel erg vonden ook.

Haar gezicht leek smaller, ze had zich niet opgemaakt, alleen haar wimpers aangezet, die dramatisch lang waren.

Voor het eerst drong de mogelijkheid tot me door dat ze echt verdriet had. Wat ironisch, eindelijk van een man houden en juist door hem bedrogen worden.

Veer en ik zaten zwijgend tegenover elkaar aan tafel in de geur van gebakken eieren en ham.

Ik nam aan dat zij net zo tegen de confrontatie tussen Noor en Fred opzag als ik. Wat hadden we er tenslotte mee te maken. Eigenlijk had ik allang spijt dat ik was meegegaan.

Ik voerde Woezel kleine stukjes brood en beloofde hem een ommetje.

'Zou hij ons beschermen?' vroeg Veer.

'Wie, Woezel?'

Ze knikte.

'No way! Die likt de hand van onze moordenaar nog.'

Ik verwachtte dat ze zou lachen, maar ze zweeg, een frons tussen haar wenkbrauwen.

We hoorden Noor heen en weer lopen in de gang, haar hakken klikten op de plavuizen, de rook van haar sigaretten was zelfs door de dichte deur van de keuken te ruiken. Noor had ons bevolen daar te wachten en vooral geen geluid te maken totdat ze Fred naar binnen had geloodst. Een soort surpriseparty, maar dan eentje waarop niemand zich verheugde.

Hij was laat. Dat hoorde bij hem, volgens Noor.

Een macho die er geen gat in zag te laat of desnoods helemaal niet op te komen dagen, als dat hem beter uitkwam.

'Waarom bel je hem niet, Noor?' zei ik toen haar ge-ijsbeer me op mijn zenuwen begon te werken en ik tegen haar orders in toch maar even de gang in liep.

Maar Fred had al jaren zijn mobieltje niet meer bij zich, zei Noor. Het was de slechtste aankoop van zijn leven geweest, had hij een keer tegen haar gezegd.

Carolien, die niet op haar achterhoofd was gevallen, vermoedde allang dat Fred niet zo'n brave echtgenoot was. Als hij op reis was belde ze hem op de meest ongelegen momenten, meestal 's avonds laat. 'Waar ben je?' 'Wat doe je?'

Ze was kwaad als hij niet reageerde op haar voicemailberichten.

Dan liep ze, wanneer hij terug was, dagenlang met een pestbui door het huis.

Voor een man als Fred was dit een ontzettend hinderlijke situatie, met maar één oplossing: hij liet domweg zijn mobiel thuis als hij een paar dagen voor zijn werk op stap moest.

Hij belde haar iedere dag, maar zonder haar de naam van het hotel of het telefoonnummer te geven, onder het motto dat het geen zin had omdat hij toch op het punt stond te vertrekken. Uit alle moeite die hij nam, bleek hoe belangrijk zijn huwelijk voor hem was. Het waarom was, zoals meestal bij dit soort zaken, voor buitenstaanders niet duidelijk.

Ik ging terug naar de keuken, die op Noors aanwijzingen drastisch veranderd was. De eettafel was tegen de muur geschoven, de stoelen stonden twee aan twee tegenover elkaar in de nu lege middenruimte. Het zag er een beetje griezelig uit, en hoe dan ook begrepen we het nut niet van deze opstelling, maar we durfden niet goed vragen te stellen.

Noor was in zichzelf gekeerd en ontoegankelijk. Ik maakte me steeds meer zorgen, terwijl Vera vreemd genoeg een beetje lacherig werd.

Toen we in de verte grind onder autobanden hoorden knarsen, kreeg ik ineens buikpijn. Ik nam een duik langs Noor, die gespannen als een veer in de gang stond, negeerde haar woedende blikken en schoot de plee in. Vals alarm.

Een autoportier werd dichtgeslagen, Freds voetstappen naderden het huis, het laatste wat ik van Noor zag toen ik de keuken weer in liep, was dat ze diep adem haalde, als een actrice die het toneel op moet, en de voordeur opendeed.

Ze kon verdomd goed toneelspelen, maar misschien meende ze het warme welkom wel. Haar stem liefkoosde Fred en zo te horen deed hij hetzelfde bij haar.

We hadden de indruk dat hij haar rechtstreeks een slaapkamer in wilde trekken, maar ze zei iets wat we niet konden verstaan en hij lachte, hun voetstappen kwamen steeds dichterbij.

Hij bevroor in de deuropening toen hij de vreemde opstelling van de stoelen zag en daarop Veer en mij braaf rechtop naast elkaar met een zo neutraal mogelijke uitdrukking op ons gezicht.

97

Ik had werkelijk geen idee hoe ik hem moest ver-
welkomen, maar Veer begroette hem hartelijk, vroeg
wat hij drinken wilde en stond op toen hij 'koffie' zei.

'Wat is hier aan de hand?' vroeg hij aan Noor.

'Ga zitten.'

Hij trok zijn wenkbrauwen op, maar deed wat ze
zei.

Hij slaagde erin volkomen op z'n gemak te lijken,
sloeg een been over het andere. Dure schoenen kwamen onder z'n Armani-jeans uit. Het witte overhemd
onder het perfect gesneden zwarte jasje stond hem bijna spectaculair. Ik vroeg me af hoe Noor zich voelde,
het leek me niet makkelijk afscheid te nemen van een
man die er zo appetijtelijk uitzag.

Veer gaf hem een mok, en hij hief die met een vaag
spottende glimlach en vroeg nog een keer wat er aan
de hand was, waarom dit welkomstcomité, waren we
soms een gangbang van plan?

Niemand lachte.

Noor was naast hem gaan zitten, haar stoel zo geschoven dat ze hem in het gezicht kon kijken.

'De Bezuidenhoutseweg, zegt dat je iets?'

De uitdrukking op zijn gezicht veranderde, hij ging
rechtop zitten en zette zijn voeten naast elkaar.

'Ik denk dat het elke Hagenaar iets zegt.'

Noor zweeg, en staarde.

Als iemand zo naar mij zou kijken, zou ik er meteen
de hele waarheid uitschreeuwen, in de hoop dat die
kille ogen zich van mij af zouden wenden.

Maar Fred had kennelijk voor hetere vuren gestaan.

Hij keek op zijn horloge.

'Sorry Noor, maar hier heb ik geen zin in.'

Hij stond op.

'Zitten!'

Toen hij gehoorzaamde wist ik dat hij geen schijn van kans meer had.

Het werd donker aan de andere kant van het raam, een dunne regen maakte het geluid van speldenknoppen tegen de ruiten en nog steeds bleef Fred ontkennen dat er een andere vrouw in het spel was, al werden zijn ontkenningen steeds minder kleurrijk. Hoe lang zaten we er al?

Dat opstappen er niet in zat, was hem duidelijk geworden toen Noor zijn autosleutels uit de zak van haar jasje haalde en ze nonchalant voor zijn ogen liet bungelen, misschien een uurtje na zijn aankomst.

Hij greep er zelfs niet naar.

Het was toen allang een one-womanshow, met Veer als trouwe aangever. Tot mijn verbazing leek ze een onschuldig plezier in de situatie te hebben.

Ik was afgehaakt toen het mij niet lukte contact met Noor te krijgen, en mijn voorstel om even de gang in te gaan om te overleggen door haar genegeerd werd.

Ik vond dat Fred er slecht uitzag. Zijn gezicht was grauw, zweet parelde op zijn voorhoofd, maar Noor was meedogenloos. Geen eten, geen drinken, de waarheid horen was wat ze wilde. Alsof het een doel op zich was, alsof ze niet na die waarheid een nieuwe keuze zou moeten maken: wat doen we met Fred... nu hij heeft toegegeven dat hij heeft gedaan waarvan ze hem verdacht.

'Ik vraag je voor de laatste keer of het waar is dat je iedere dinsdagavond bij die vrouw was?' Hoe vaak had ze het al gevraagd? Ik had geen idee meer.

'Ik weet van niets.'

Je kon hem een zekere koppigheid niet ontzeggen, al kostte het hem duidelijk steeds meer moeite rechtop te blijven zitten. Hij zag er hondsmoe uit, en ik vroeg me af hoe lang Noor nog verder wilde gaan met deze zinloze vertoning.

'Misschien lijdt hij aan selectief geheugenverlies,' opperde Veer. 'Dat kan iedereen overkomen. Heeft met stress te maken. Kun je niks aan doen.'

'Lijd je aan selectief geheugenverlies?' informeerde Noor bedrieglijk vriendelijk.

'Kutwijf!' mompelde Fred.

Ik zag de rode spetters op mijn beige rok verschijnen nog voordat het tot mij doordrong dat Noor vol had uitgehaald naar Fred. Het bloed spoot uit zijn neus.

'Jezus Noor, m'n nieuwe rok!'

De vlekken spreidden zich uit, als inkt op vloeipapier, met de grilligheid van een Rohrschachttest. Ik vroeg me af wat een psycholoog eruit zou afleiden.

'Ik heb Vlekkentovenaar in huis,' zei Veer. 'Don't worry.'

Fred had zijn handen beschermend om zijn neus gevouwen, bloed siepelde tussen zijn vingers door. Hij staarde naar Noor alsof hij zijn ogen niet kon geloven.

'Ook voor bloedvlekken?' informeerde ik.

'Even je kop dicht, graag.' Noor had haar ogen nog geen moment van Fred afgewend.

'Ik vroeg je dus of het waar is,' herhaalde ze.

Freds ogen draaiden een beetje weg. Hij zag er absoluut ongezond uit.

'Ik voel me niet goed,' mompelde hij.

'Dit is nog maar het begin,' beloofde Noor.

Fred maakte een zacht geluid, het leek alsof al zijn spieren tegelijk verslapten, hij zakte scheef, bleef even hangen op de rand van zijn evenwicht en gleed toen in slow motion van zijn stoel. Zijn hoofd raakte de grond met een griezelig doffe klap, zijn lichaam volgde met zacht gestommel.

Stilte.

We staarden naar de man op de grond, die niet meer bewoog, en toen naar elkaar.

'Jezus Noor, wat heb je met hem gedaan?'

'Gewoon, een mep.'

Ik was de eerste die opstond.

Ik boog me over Fred en keek naar zijn ogen, die terugkeken zonder iets te zien.

'Hij is dood, Noor!' zei ik.

Alle kleur verdween uit haar gezicht.

'De klootzak!' zei ze zacht.

9

Ik zat op de rand van het logeerbed, Woezel aan mijn voeten, in een kamer vol romantiek, overal pastelkleuren, schemerlampen en patchworkspreien. Ik keek naar Noor, die op haar rug op het andere bed lag, haar armen onder haar hoofd, haar ogen wijdopen.

Ze had niets meer gezegd sinds we de keuken en Fred hadden verlaten.

Vera had aan één stuk door gehuild, haar handen voor haar gezicht, het enige wat ik uit haar gesnotter kon opmaken was dat het zo erg was voor Carolien. En wat we in godsnaam tegen haar moesten zeggen. Een onderwerp waar ik helemaal nog niet aan toe was.

We hadden geen enkele poging gedaan haar te kalmeren, en dat scheen ze ook niet te verwachten. Het was ieder voor zich, in een situatie die we geen van allen konden bevatten.

Het begin van deze dag leek eindeloos lang geleden.

Ik probeerde mij te herinneren hoe ik mij voelde toen de Saab van Noor voor de deur stopte en ik met Woezel en m'n weekendtas instapte. Het leek een redelijk gewone dag, toen. Nu was niets meer gewoon.

Een paar meter van ons vandaan lag Fred dood te wezen.

Als we voor een officiële oplossing kozen en de dokter of de politie zouden bellen, moesten we het snel doen, en één ding was dan zeker, we zouden in een gigantische rel terechtkomen. Niets zou ooit meer zijn als tevoren.

Ik keek naar Vera, in elkaar gedoken op een bankje volgepropt met cretonnen kussens, haar ogen gezwollen en rood, en naar Noor, die nog steeds niet bewogen had.

Ze lag erbij als Fred, met die wijdopen ogen, en het zat me dwars dat we hem zo hadden laten liggen.

Ik stond op en liep naar de deur.

'Waar ga je naartoe.' Noors stem klonk scherp.

'Naar Fred.'

Ze kwam overeind.

'Waarom?'

Ik gaf geen antwoord.

Op de een of andere manier zag Fred er doder uit dan een uur tevoren. Een bloedspoor kronkelde vanuit zijn neus tot in de kraag van zijn overhemd, dat vol zat met rode vlekken.

Ze staken fel af tegen zijn geelwitte huid.

Ik knielde bij hem neer. De geur van dure aftershave maakte hem nog deerniswekkender, en ik moest een paar keer slikken om een vlaag van misselijkheid te bestrijden.

Voorzichtig liet ik mijn hand over zijn ogen glijden. In films is dat een bijna terloops gebaar, waarbij de oogleden gehoorzaam dichtgaan, maar het werkte niet, en nadat ik het een paar keer vergeefs had geprobeerd, deed ik zijn ogen één voor één dicht met mijn duim.

Eigenlijk had Carolien dat moeten doen, het was de laatste liefdevolle dienst die ze hem had kunnen bewijzen, maar de ironie van het lot wilde dat een van haar vriendinnen – en bepaald niet haar dierbaarste – naast haar dode man geknield zat terwijl zij lag te slapen in een bed dat ze nooit meer met hem zou delen.

Er kwam nog iemand de keuken binnen en toen ik mij omdraaide stond Vera achter mij, een patchworksprei in haar handen. Zwijgend legden we hem over Fred heen.

'Denk je dat we gearresteerd worden als het uitkomt?'

'Ik denk het wel.'

Ze begon zachtjes te huilen.

'Wat vind jij dat we moeten doen?' vroeg ik.

'Ik wil de gevangenis niet in,' snufte ze.

Dat was exact wat ik zelf ook niet wilde.

'Niemand gaat de gevangenis in.'

We hadden Noor niet binnen horen komen, en dat betekende dat ze daar moeite voor had gedaan. Ik herinnerde mij het klikken van haar hakken op de stenen vloer nog veel te goed. Het gaf me een rotgevoel dat ze ons had afgeluisterd, al hadden we niets gezegd wat ze niet mocht horen.

Op dat moment begon Woezel uitzinnig te blaffen.

'Verwacht je iemand?'

'Natuurlijk niet,' zei Veer.

Woezel raakte nu buiten zichzelf, ik hoorde hem door de gang rennen en tegen de voordeur opspringen, er was daar duidelijk iets gaande.

'Ga kijken wat er is. Dit is jouw huis en het is logischer dat jij verschijnt dan dat wij tevoorschijn komen. En wie het ook is, NIET de keuken in!' Noor nam resoluut de leiding op zich.

Veer aarzelde, de sporen van tranen nog op haar gezicht, duidelijk doodsbang.

'Ik loop wel mee, Veer,' zei ik.

Het was donker in de gang, ik realiseerde mij dat het huis er onbewoond uit moest zien van een afstand.

Alleen in de keuken en in de logeerkamer waar we net vandaan kwamen, brandde licht, maar die ruimtes lagen aan de achterkant.

Ik voelde naar het lichtknopje en al snel baadde de gang in het licht van een aantal sierlijke halogeenlampen.

Woezel was gaan liggen op de mat bij de voordeur, zijn kop plat op de grond, zijn neus bij de kier onder de deur. Hij gromde diep achter in z'n keel.

'Goed zo Woezel, brave jongen!' Het gaf me moed mijn eigen stem te horen.

'Heb je een buitenlicht?'

Vera klikte het aan, en door het raampje in de voordeur zag ik hoe de tuin nu door een aantal verborgen tuinlampen verlicht werd tot het einde van het gazon.

De fontein met de naakte Venus erin stak scherp af tegen de donkere bomenrand op de achtergrond.

Voor zover ik kon zien, was er niemand in de buurt, en toch gromde Woezel nog steeds.

Ik gaf hem een tik op z'n kop, en hij hield op.

We waren zo stil dat ik het bloed in mijn hoofd hoorde suizen, maar langzamerhand ging ik meer geluiden onderscheiden.

De wind door de bomen in de tuin, geritsel van dor blad. En nog iets anders, iets wat af en toe tegen de deur schuurde.

Ik wierp nog een blik door het raampje en deed toen de voordeur op een kier open.

Vera gaf een schreeuw van schrik, maar ik schoot in de lach toen ik een dikke egel zag, die door het tegen de voordeur opgewaaide blad waadde.

'Niets,' zei ik bijna uitgelaten van opluchting, 'helemaal niets!'

'Zet meteen even de auto van Fred in de garage,' Noor hield de autosleuteltjes omhoog. 'Hoe eerder die uit het zicht is hoe beter.' Het was meer een commando dan een verzoek.

'Doe het zelf,' zei ik pissig. 'Jij moest er zo nodig op los slaan, dus je regelt de rest ook maar.'

Haar gezicht trok strak van woede, maar ze zei niets en liep langs ons heen de voordeur uit.

De Mercedes van Fred stond een paar meter verderop, ze liep er met grote stappen naartoe terwijl ze haar autohandschoenen uit de zak van haar jasje haalde en aantrok, alle lichten flitsten aan en weer uit toen ze het portier opendeed. Het starten was door de wind niet hoorbaar, maar de koplampen zetten het huis in een felle gloed.

'De garage is op slot!' Veer sloeg haar hand voor haar mond.

'Kan die niet van binnenuit open?'

Ze schudde haar hoofd.

'Niet hiervandaan.'

'Dan moet je hem gaan openmaken.'

Paniek in haar ogen, aan Veer zouden we veel hebben, dat stond al vast.

Ik hield mijn hand op. 'Sleutel.'

Ze deed een greep in een sleutelrekje bij de voordeur en duwde de sleutel in mijn hand.

Noor knipperde ongeduldig met de koplampen toen ik de deur uit stapte. Ik bedwong de neiging mijn middelvinger naar haar op te steken en liep naar de garage, terwijl zij langzaam optrok.

Het schoot door me heen dat ze me met gemak zou kunnen vermorzelen tussen de voorbumper en de garagedeur. Maar waarom zou ze zoiets idioots doen?

Het verbaasde mij dat die gedachte in mij opkwam, maar waarschijnlijk voelde ik toen al wat ik later zeker wist, dat Noor onder geen omstandigheid te vertrouwen was.

'Ik vind nog steeds dat we een dokter hadden moeten waarschuwen,' zei ik.

Noor wierp me een giftige blik toe. 'En dan? Die had meteen gezien dat Fred een mep heeft gekregen.

Voor je tot tien kon tellen was de politie hier in huis geweest. Plus de pers. Hadden we morgen op de voorpagina van *De Telegraaf* gestaan. Charles had me meteen de deur uit gegooid!'

'Wat denk je dat er gebeurt als je hem hier laat liggen?'

'Natuurlijk laten we hem hier niet liggen. We moeten gewoon iets met hem doen.'

'Wat bijvoorbeeld, Noor?' vroeg ik.

'Weet ik veel. Mag ik alsjeblieft even nadenken.'

'Ik heb laatst in een boek gelezen dat iemand die vermoord was door haar tuinman, door hem onder een vijvertje werd begraven in haar eigen tuin,' zei Veer behulpzaam.

'De shitboeken die jij leest...' mompelde Noor.

'Het was anders wel een literaire thriller,' zei Veer beledigd.

'Dat was een vijvertje van kunststof,' zei ik, want toevallig kende ik dat boek ook. 'En jij hebt hier een gigantische stenen vijver. Dus hoe zie je het voor je, Veer, een bulldozer laten komen om een gat in de bodem te maken? Bovendien zul je wel gek zijn als je Fred in je eigen tuin begraaft. Als hij ooit ontdekt wordt, dan hang jij.'

We zaten elkaar giftig aan te kijken. Het was duidelijk dat er het een en ander gebeuren moest, en ik had spijt dat ik niet beter naar politieseries had gekeken. Wat ik onthouden had, was te vaag om veel aan te hebben. Het enige wat ik zeker wist was dat we zoveel mogelijk sporen van Fred moesten uitwissen.

Dat zijn auto nu in de garage stond, was mooi, maar het was niet meer dan een voorlopige oplossing. Wilden we 'm definitief verplaatsen, en god mocht weten wat we ermee aan moesten, dan konden we daar niet te lang mee wachten.

Carolien zou Fred ongetwijfeld als vermist opgeven, er zou naar hem gezocht worden, het kenteken van zijn auto zou bekendgemaakt worden, en vanaf dat moment liepen we een levensgroot risico als we erin rondreden.

Wat we met Fred zelf moesten doen was zo'n groot probleem dat mijn hoofd weigerde er zich op dit moment mee bezig te houden.

Ik voelde me vaag misselijk, het was inmiddels ver in de nacht en ik had al bijna vijftien uur niets gegeten.

Woezel trouwens ook niet. Hij legde zijn grote kop in mijn schoot en keek me trouwhartig aan.

Ik streelde zijn zachte haren en stond op.

'Ik ga de biefstukken bakken.'

'In de keuken?' zei Veer.

'Ja, waar dacht je anders.'

'En Fred dan?'

Daar had ik even niet aan gedacht.

Met een lijk in huis was alles ineens een probleem.

'Waar kunnen we hem zo lang leggen, Veer?'

'Ik weet het niet.' De tranen stonden alweer in haar ogen.

Het hielp mij om me flinker voor te doen dan ik mij voelde.

'Dan bedenken we zelf wel iets. Ga je mee, Noor?'

Fred was veel zwaarder dan ik zou hebben gedacht, maar van rigor mortis was nog niet veel te merken.

Zijn hoofd knakte achterover toen we hem optilden, Noor z'n armen en ik z'n benen. We sleepten hem de gang door en sjouwden hem de tweede slaapkamer in, terwijl Veer op de achtergrond protesteerde omdat zij daar altijd sliep.

'Dan slaap je vanavond maar ergens anders, kamers genoeg,' snauwde Noor.

'Maar al mijn kleren hangen daar!'

'Ik denk niet dat Fred eraan zal komen. Denk jij, Tess?'

'Nee,' zei ik.

Veers hysterische gedoe begon ook op mijn zenuwen te werken.

'Ik krijg geen hap door mijn keel,' kondigde ze even later aan.

We hadden de tafel weer midden in de keuken gezet, met de stoelen eromheen, nadat we eerst de vloer hadden geschrobd.

Met een beetje moeite kon je jezelf wijsmaken dat er niets bijzonders was gebeurd in deze ruimte.

Ik goot een scheut olijfolie in de pan, liet die heet worden, bakte de biefstukken aan twee kanten bruin, goot de olie uit de pan en deed er een forse klont boter in. Het maakte een huiselijk geluid en ik kreeg water in mijn mond van de verrukkelijke geur. Woezel stond gulzig het brood op te eten dat ik voor hem had klaargemaakt. Straks zou ik hem moeten uitlaten, alleen de tuin in, een eng idee. Absurd, want de echte criminelen bevonden zich in dit huis.

We aten als wolven, zelfs Veer, en ik zette twee keer een pot thee, die we in grote bekers schonken waar we onze handen aan warmden, onze ellebogen op tafel.

Het was op een vreemde manier gezellig, ik stelde mij voor dat mensen in een schuilkelder zich zo voelen. Er is een dreigend gevaar, maar er zijn ook de anderen, voelbaar dichtbij, die in dezelfde situatie zitten, en zoiets schept een band.

We ruimden de keuken op en ik stapte dapper met Woezel de gang in.

'Dat je naar buiten durft!' zei Veer bewonderend.

Maar eigenlijk was het helemaal niet zo heldhaftig. De tuin baadde in het licht, ik liep heen en weer aan de voorkant van het huis en liet Woezel ongegeneerd in de border plassen en poepen.

Een halfuur later lagen we in bed, Noor en ik beneden, terwijl Veer verkast was naar een kamer op de eerste verdieping.

Ik sliep onrustig, telkens weer zag ik het gezicht van Fred, vlak voordat hij van de stoel viel. Ik kon nog steeds niet geloven dat hij dood was en dat we met hem hadden gesjouwd alsof hij een meubelstuk was dat verplaatst moest worden.

Ik werd schreeuwend en wild om mij heen slaand wakker toen iemand aan mijn schouder schudde en met een zaklantaren in mijn ogen scheen.

Gelukkig schreeuwde Veer net zo hard terug, wat me geruststelde, voor zover je daarvan kunt spreken als je hart overslaat. Terwijl ik dubbel gebogen op adem probeerde te komen, deed Veer een schemerlamp aan. Waarom had ze dat niet meteen gedaan?

Noor stond halverwege de kamer, een grote vaas in haar handen, klaar om toe te slaan. Wakker geschrokken door mijn geschreeuw was ze binnen een paar seconden klaar geweest voor een gevecht.

We keken naar Veer, die tot mijn verbijstering in een flanellen pyjama met kaboutertjesprint gehuld was.

'Ik ben helemaal vergeten dat de werkster morgen komt. Elke vrijdag om negen uur, of ik er ben of niet.'

Ze begon op de nagels van vier vingers tegelijk te bijten.

Noor keek op haar horloge.

'Dat is over twee uur, idioot! Hoe kun je zoiets vergeten!'

Ik kwam rillend overeind en begon me zwijgend aan te kleden.

Noor deed hetzelfde, onze kleren lagen door elkaar heen op de stoel waar we ze nog maar een paar uur geleden hadden neergegooid. Aan Vera besteedden we geen enkele aandacht.

'Moet ik mee?' vroeg ze.

We gaven niet eens antwoord.

Ik had mijn bezwaren tegen Noor, maar één ding moest ik haar nagegeven, in het snel wegwerken van een lijk was ze voortreffelijk.

We pakten Fred beet en droegen hem naar de voordeur, waar we hem parkeerden om eerst de garage en de kofferbak van zijn auto open te maken. In nog geen etmaal was hij van een man die we goed kenden veranderd in een onhandig ding waar we zo snel mogelijk vanaf wilden zijn.

Het was nog een heel gedoe om hem in de kofferbak te krijgen.

Nu hij verstijfd was, leek het alsof hij onze plannen tegenwerkte.

'We hadden hem gisteravond netter neer moeten leggen,' zei Noor, terwijl ze met zweetdruppels op haar bovenlip probeerde z'n rechterarm dichter bij zijn lichaam te krijgen. Telkens als ze de arm losliet, schoot hij terug in de oude positie, het leek alsof hij haar wilde omarmen.

Maar voor Noor geen overgevoeligheden. Ze zette de jerrycan met reservebenzine op de arm en duwde net zolang tot Fred lag zoals zij wilde.

Ik stond werkeloos toe te kijken. Het was zo bizar hoe de Fred die wij kenden zich had losgezongen van dit verstijfde lichaam.

Op het laatste feestje bij hem thuis had hij aangeschoten zijn arm om me heen geslagen, zijn hand kroop onder mijn oksel door en wriemelde aan mijn borst.

'En wat zou jij wel van mij willen wezen?'

Zijn tong gleed als een slak langs mijn oorlel.

'Je weduwe,' zei ik.

Ik heb hem de verdere avond niet teruggezien.

Nu had ik spijt, want al was ik zijn weduwe niet, mijn wens was op een bepaalde manier uitgekomen, en ik zou er wat voor gegeven hebben om het ongedaan te maken.

Noor deed de klep van de achterbak dicht en zette haar handen in haar lendenen.

'Je moet er toch niet aan denken dat dit je dagelijkse werk is!'

We waren net op tijd terug in huis.

Moeizaam optornend tegen de wind kwam een vrouw de oprit op fietsen, gehuld in plastic van een gruwelijke tint roze. De voorkant van de cape hing over haar stuur, daaronder trapten stevige benen tegen de wind in.

'Maria,' zei Vera.

Ze had zich aangekleed, maar zag er verschrikkelijk uit.

Terwijl Noor en ik ons terugtrokken in de logeerkamer, hoorden we haar tegen de hulp zeggen dat ze griep had en meteen weer naar bed ging. De koffie stond klaar in de keuken, die grote hond deed niks en o ja, de logeerkamer beneden kon overgeslagen worden, ze had vriendinnen te logeren.

De volgende drie uur overlegden Noor en ik wat er nu moest gebeuren, terwijl het huis galmde van het geluid van de stofzuiger en de hese stem van Maria, die een duidelijke voorkeur had voor de oude meezingers van Imca Marina.

Het was in feite niet veel wat er gedaan moest worden, eigenlijk maar twee dingen, waarvan het wegwerken van de auto nog even kon wachten.

Maar Fred was een ander verhaal. Die moest de grond in en wel zo snel mogelijk.

We wisten zeker dat er in de schuur genoeg spaden en andere handige spullen zouden staan. De vraag was hoe diep een graf moest zijn. Noor, die dacht dat ze ongeveer zo lang was als Fred, ging op de grond liggen, terwijl ik de ruimte opmat die zij in een graf nodig zou hebben. De diepte was ook belangrijk, hij moest niet door het eerste het beste konijn opgegraven worden.

Een meter diep vanaf zijn bovenkant, schatten wij. Voor alle zekerheid zouden we anderhalve meter diep moeten gaan.

'Dat is verschrikkelijk veel grond die we moeten verplaatsen,' zei Noor terwijl ze overeind kwam. 'Hoe krijgen we dat in godsnaam voor elkaar! En hoe dieper we komen, hoe hoger we met die spade moeten zwaaien om de aarde eruit te krijgen. Dat lukt ons nooit in één nacht.'

'Nacht?'

Ze keek me medelijdend aan. 'Wat dacht je dan, overdag een graf graven? En als iemand komt kijken wat we uitvoeren zeggen we zeker dat we bollen aan het planten zijn.'

We waren een hele tijd stil, ik denk dat we geen van beiden wilden toegeven dat een kuil niet de oplossing was. We zouden het gewoon niet voor elkaar krijgen, zo simpel lag het.

'Een put,' zei Noor. 'Waar we hem in kunnen gooien en dan ongebluste kalk eroverheen.'

'Zijn auto ergens neerzetten waar het stil is en in brand steken.'

Ze keek me nadenkend aan.

'Weet je dat dit van alle plannen tot nu toe het beste is...?'

Maar ook dat plan werd het niet.

Toen de tweede dag die we in Veers huis doorbrachten bijna ten einde was, lag Fred nog steeds in de kofferbak, maar nu gewikkeld in landbouwplastic dat we met breed plakband hermetisch hadden dichtgeplakt.

Noor was ermee thuisgekomen, nadat ze toen Veer en ik wakker werden, eerst spoorloos verdwenen bleek te zijn.

Weg kleren, weg Saab, weg Noor.

Twee uur later reed ze de oprit weer op. Ze had voor alle zekerheid het plastic op drie verschillende adressen gehaald, een eind van elkaar verwijderd. Aan één stuk zou handiger geweest zijn, maar het valt ook meer op. Je weet maar nooit of de politie bij vermissingen niet een oproep plaatst om de kopers van dit soort plastic op te sporen.

We bejubelden haar om dat inzicht en om de aankopen.

Dat Fred een beetje onaangenaam geurde, deerde ons even niet.

We hadden keukenhandschoenen aangetrokken en een theedoek om onze haren geknoopt. Uit films wisten we dat er maar weinig voor nodig is om je DNA aan de politie cadeau te geven.

Een uitgevallen haar kon het verschil betekenen tussen vrijuit gaan en voor jaren in de vrouwenvleugel van de Bijlmer Bajes verdwijnen, waar het vast niet zo gezellig was als het in de televisieserie leek.

Nadat we Fred veranderd hadden in een sinterklaassurprise overlegden we aan de keukentafel wat er verder moest gebeuren.

Eén ding was zeker, totdat het probleem Fred opgelost was, moest er permanent iemand in Veers huis blijven.

Het mocht niet zo zijn dat iemand, een dief bijvoorbeeld, de garage zou openbreken en Fred zou vinden.

Ik hoorde een vreemd geluid in mijn hoofd, toen Noor dat zei.

Een kerkklok die luidt, de klepel tegen een koperen scheepsbel, een champagnekurk die met een knal de ruimte in schiet.

Ik had de oplossing!

Ik wist wat we met Fred gingen doen!

Noor parkeerde Freds auto in de niet al te drukke straat die we voor ons doel hadden uitgekozen. Ze zag er onopvallend uit in een bruine regenjas met een sjaaltje om haar haren geknoopt, en toen ze uit de auto stapte en de straat overstak, besteedde niemand aandacht aan haar.

Een paar minuten later stapte ze het café binnen waar Veer en ik aan een tafeltje bij het raam zaten. We keken elkaar tevreden aan: fase één was achter de rug.

We hadden ons via zoekprogramma's op internet goed geïnformeerd. In onze dierbare stad werden wekelijks tientallen auto's gestolen. Bij de merken die het meest geliefd waren bij autodieven, hoorde ook de Mercedes van Fred, en dat was prettig om te weten want zijn auto moest zo snel mogelijk verdwijnen. Dat zich een in landbouwplastic gerold lijk in de kofferbak bevond, was een surprise die de dief pas zou ontdekken als hij god weet waar zou gaan onderzoeken of er nog leuke extraatjes in de auto aanwezig waren.

Tegelijk met de auto zou hij ons probleem overgenomen hebben. Ik was er nog steeds trots op dat ik op dat geniale idee was gekomen.

Ik lepelde het schuim van mijn koffie verkeerd naar binnen terwijl ik zonder speciaal aan iets te denken uit het raam keek, toen mij twee dingen tegelijk opvielen. Even verderop stond een parkeerautomaat die ons totaal ontgaan was en aan het einde van de lange straat verscheen de jeep van de parkeerwacht.

'Je morst!' zei Noor afkeurend.

Ik wees sprakeloos naar buiten.

In één beweging had ze haar jas aan en was ze op weg naar de deur.

We zagen haar snel oversteken terwijl ze haar hoofddoekje omknoopte. De jeep zette meer vaart. Parkeerwachters hebben het niet zo op mensen die in hun auto springen en wegrijden net als zij eraan komen.

Maar Noor was sneller. Ze draaide al uit de rij auto's toen de jeep haar bereikte. We zagen haar vriendelijk en met een big smile naar de mannen zwaaien, haar sjaaltje was naar achteren gegleden, glanzend roodbruin haar viel sluik langs haar gezicht. De mannen zeiden iets tegen elkaar en lachten. Terugzwaaien deden ze niet, er zijn tenslotte grenzen.

Een paar minuten later trilde mijn mobieltje.

'We moeten een ander plekje bedenken, meisjes,' zei Noor.

10

De Maegd voelde anders dan ik gewend was. Minder gezellig, niet meer zo vertrouwd.

Ik ging aan een tafeltje zitten en wachtte op de anderen.

Ik was liever niet gekomen, en Veer dacht er precies zo over, maar Noor had ons bezworen dat we niets moesten doen of laten waardoor we zouden opvallen. Wegblijven uit De Maegd bijvoorbeeld.

Ik zag als een berg tegen de ontmoeting met Carolien op. Wat zeg je tegen een vrouw die niet weet dat je samen met een paar vriendinnen haar man in een kofferbak gepropt hebt?

Zijn auto was trouwens nog steeds niet verdwenen, had Noor vanmiddag geconstateerd. Ze klonk verontwaardigd.

Op de Amsterdamse Veerkade hoefde je je maar om te draaien en je auto was weg. Als je daar al niet meer op kon rekenen, wat voor zekerheden bleven er dan over in het leven? Er waren mensen die een moord zouden doen voor zo'n auto, en de dief aan wie wij Freds auto zo van harte gunden, hoefde dat niet eens, dat hadden wij voor hem gedaan. Het was pure ondankbaarheid dat die prachtig mooie Mercedes nog steeds op dezelfde plek stond.

Ik schoot overeind. Carolien was binnengekomen. Op het oog zag ze er net zo uit als anders, maar toen ze dichterbij kwam zag ik donkere schaduwen onder haar ogen.

Ze vroeg een espresso, strooide er het hele suikerzakje in leeg en ging zitten roeren, haar hoofd over het kopje gebogen.

Ik zocht naar woorden. 'Hoe gaat het met je' was wel heel erg hypocriet. Maar alles wat mij te binnen schoot had een dubbele lading.

'Ben je moe?' Ik schrok van haar vraag.

'Nee, waarom?'

'Je bent zo stil.'

'Ik zit vast met m'n werk. Komt wel weer in orde, ik heb soms van die dagen.'

Ze knikte, alsof ze alles wist van zulke dagen. Niet onwaarschijnlijk met een man als Fred.

'Ik wil je raad.' Ze keek me nu recht aan. Het viel mee om in haar ogen te kijken, niets aan de hand eigenlijk, zolang ik mezelf voorhield dat ze geen vermoeden kon hebben.

'Ik heb al een paar dagen geen contact met Fred gehad. Hij ging donderdag klanten in België bezoeken. Hij zou een dag of drie wegblijven en meestal belt hij dan elke dag even op. Maar ik heb niets van hem gehoord. Denk jij dat het overdreven is om naar de politie te gaan?'

Ik slikte. Het woord politie beviel me niet, het klonk

als een regelrechte bedreiging.

'Wat zou je dan willen zeggen tegen de politie?'

'Dat ik ongerust ben omdat hij niet gebeld heeft, maar dat klinkt zo onnozel.'

'Waarom bel je hem niet?'

Ze bloosde. 'Hij heeft zijn mobiel nooit bij zich. Hij houdt er niet van om in z'n werk gestoord te worden.'

'En wat zeiden ze in z'n hotel?'

De kleur op haar wangen werd nog vuriger.

'Hij is telkens maar voor één nacht in hetzelfde hotel. Het heeft geen zin om het nummer te weten, hij belt mij altijd en de volgende dag is hij toch weer ergens anders.'

'Wanneer zou hij thuiskomen?'

'Morgen op z'n laatst.'

'Zou je dan niet nog een dagje wachten? Ik bedoel, na morgen heb je tenminste reden om ongerust te zijn.'

En ons geeft het een dag speling, een dag waarin de auto met je man erin misschien voorgoed verdwenen zal zijn, een dag die ons meer kans geeft niet gesnapt te worden, dacht ik erachteraan.

'Maar er is nog iets. Fred is niet gezond. Eigenlijk zou hij moeten stoppen met werken. Hij heeft serieuze hartklachten. Als hij zich niet snel laat opereren, loopt hij een heel groot risico op een hartstilstand. Maar hij is zo eigenwijs. Voelt zich nog steeds een macho, weet je. Dat hij eigenlijk een zieke man van middelbare leeftijd is, kan hij niet accepteren. Hij is slor-

dig met z'n medicijnen, ik vond ze in het badkamer-
kastje en dat maakt me doodnerveus. Als hij zich niet
goed gaat voelen heeft hij niet eens iets bij zich.'

Ik hapte naar adem. Haar bijna terloops gedane
mededeling zette de wereld op z'n kop. Alles wat er de
afgelopen dagen was gebeurd, kwam erdoor in een ander licht te staan. Puzzelstukjes vielen op hun plaats.

We hadden ons meteen al niet kunnen voorstellen
dat Fred dood was gegaan door die mep van Noor,
hoe hard ook. Zijn neus was niet eens gebroken, anders had ik dat wel gezien toen ik zijn ogen dicht probeerde te doen.

'Ik ben zo bang dat hij niet goed is geworden in de
auto en ergens op een parkeerplaats in elkaar is ge-
zakt. Maar dan had iemand hem toch wel gevonden,
denk je ook niet?'

Uit mijn ooghoeken zag ik Noor en Vera binnenkomen. Het meest ongelegen moment dat ze hadden
kunnen uitzoeken. Ik wilde nog veel meer horen van
Carolien, maar ze waren nu al bijna bij ons tafeltje.

Carolien legde snel haar hand op de mijne.

'Praat er verder maar niet over. Ik weet niet of ik
het nu al wil vertellen.'

Vera ging zitten, terwijl ze onzeker naar Carolien
lachte.

Maar die stond op en kuste haar op allebei haar
wangen. Ik dacht dat Veer ter plekke in elkaar zou
storten.

'Wat leuk om je weer te zien, Veer. Ik heb je een

paar keer gebeld maar je nam niet op. Je bent de laatste tijd zo vaak weg.'

'Ze was ziek, en eigenlijk is ze nog steeds niet beter. Als ik jou was zou ik niet te lang blijven, Veer!' Noors stem klonk hartelijk genoeg, maar de manier waarop ze naar Vera keek beviel me niet. Veer merkte natuurlijk niets.

'Je hebt gelijk, ik blijf een uurtje en dan kruip ik weer in bed.' Ze keek Noor dankbaar aan. Maar die had haar aandacht al op Carolien gevestigd.

'Tijd niet gezien, Caro. Heb je nieuws?'

Natuurlijk had ze ons als samenzweerders met naar elkaar gebogen hoofden zien praten, toen ze binnenkwam. En nu wilde ze weten wat wij besproken hadden. Niets mocht aan haar regie ontsnappen, alles wat er gebeurde vormde een potentieel gevaar. Ik heb nooit iemand meegemaakt die zo op haar hoede was, zo waakzaam, zo tot de rand vol achterdocht.

Carolien aarzelde, en ik begreep haar dilemma. Na morgen zou ze met haar ongerustheid naar de politie gaan, en al had ik er geen idee van wat er dan zou gebeuren, er zou in elk geval een of andere vorm van publiciteit volgen. Dan zou het wel heel vreemd overkomen als ze er nu niet met ons over gepraat had.

Maar ze werd gered door de gong. De deur van De Maegd ging open en daar stond Minka, met verwarde haren en een big smile in een afgetobd gezicht.

'Drank!' zei ze toen ze op de laatste lege stoel was neergeploft. 'Heel veel drank! Ik kom net van schoonma, Roel is bij de kids en ik spijbel.'

Ze keek ons kringetje rond.

'Wat heerlijk om jullie weer te zien. Eindelijk normale mensen om me heen! Hier nog iets gebeurd?'

Ze wachtte ons antwoord niet af, en gelijk had ze. Wij waren dat groepje mutsen dat nooit iets meemaakte. De wereld kon geteisterd worden door tsunami's, aardbevingen en bomaanslagen, van één ding kon je zeker zijn, ons leven kabbelde verder met het tempo van een snorfiets.

Ik keek naar Minka terwijl ze vertelde over de aanstaande verhuizing van haar schoonmoeder naar het verpleeghuis. Minka was bezig haar spulletjes uit te zoeken.

'Wat boffen we toch, Mink, dat jij niet werkt!' hadden haar schoonzusjes dankbaar gezegd.

Ze dronk en ratelde maar door, in de overtuiging dat zij van ons vijven de enige met een verhaal was, en we hadden allemaal onze eigen reden om haar innig dankbaar te zijn voor de afleiding.

Ik zag dat zelfs Veer ervan opknapte.

'Maar zonder jou lukt het me niet, Tess. Roel is zo vaak op stap, ik kan nooit zeker van hem zijn. Ik ben zo blij dat jij komt oppassen, de jongetjes vinden het heerlijk.'

Er viel een korte stilte, waarna ik haastig verklaarde dat ik wat mij betreft de rest van mijn leven wel voor haar kinderen wilde zorgen. Ze fronste even haar wenkbrauwen en besloot toen dat ik het bij wijze van spreken bedoeld had.

'Wat heerlijk dat ik altijd op je kan rekenen.'

'Wij kunnen altijd op elkaar rekenen,' zei Noor.

Ik vroeg me af of het aan mij lag dat alles wat ze zei dreigend klonk.

Maar ik had geen tijd mij er verder in te verdiepen, want op dat moment besloot Carolien dat het ogenblik was aangebroken om over haar eigen zorgen te praten.

Terwijl ze vertelde over Fred, die zo ziek was en nu van de aardbodem verdwenen leek, keek ik naar de vrouwen die tot voor kort warmte en veiligheid voor mij betekend hadden.

Hier in deze zelfde ruimte hadden wij op een avond plechtig aan elkaar verklaard dat heren komen en gaan maar onze vriendschap eeuwig zou bestaan. Goed, we hadden toen al het een en ander op, maar dat nam niet weg dat wij het echt zo voelden.

Nu was er van dat prettige saamhorigheidsgevoel niets over. Het was ieder voor zich geworden, en ik vroeg me af hoe het verder met ons zou gaan. Dat we nog maar aan het begin van de verwikkelingen stonden was duidelijk.

Minka, de enige voor wie elk woord dat Carolien vertelde nieuw was, luisterde ademloos en met stijgende bezorgdheid.

Vera zag er met de minuut zieker uit. Terwijl ik het verhaal voor de tweede keer deze middag hoorde, kwam het opnieuw hard aan. Er was geen twijfel mogelijk, Carolien was kapot van ongerustheid.

De enige die geen spier vertrok was Noor.

Pas toen Carolien zich naar Vera over boog en haar vroeg of ze alsjeblieft mee wilde gaan naar de politie omdat ze er zo tegenop zag, kwam ze in actie.

'Ik denk dat je meer aan mij zult hebben, Caro, het zou me niets verbazen als Veer een paar dagen in bed moet blijven, met die griep van haar.'

Carolien aarzelde. Noor was niet haar grootste vriendin. Aan de andere kant was Veer op dit moment duidelijk niet iemand van wie je veel steun kon verwachten.

'Graag Noor,' zei ze met tegenzin in haar stem.

Natuurlijk ontging Noor dat niet, maar voor haar telde alleen dat ze een punt had gescoord.

De zwakste schakel, van wie je moest vrezen dat ze er in het politiebureau het hele verhaal uit zou gooien, was in elk geval voorlopig uit de gevarenzone gehaald.

Coen begon er genoeg van te krijgen dat hij nog steeds geen nieuwe tekst van me ontvangen had. Van onze joviale verhouding was weinig over. Hij mailde dat hij de volgende ochtend om negen uur bruikbare kopij op zijn mail wilde hebben, en sloot af zonder groet.

Gelukkig was er ook goed nieuws, de redactrice van een van de huis-aan-huisbladen waarvoor ik schreef, wilde een afspraak maken over een serie die ze in de planning hadden.

Interviewtjes met shoppende moeders om het reclameblaadje van de grootste super in de stad wat op te leuken. Wanneer kon ik langskomen?

Dat was een pak van mijn hart, niets is zo fijn voor een freelancer als vaste rubrieken. Iedere maand vanaf het nulpunt beginnen je inkomen bij elkaar te schrijven, is zenuwslopend. En ik had al griezelig lang niets verdiend.

Natuurlijk wilde ik ook proberen Coen als klant te houden, en omdat mij niets anders te binnen wilde schieten, paste ik het advies toe dat Pé me had gegeven toen ik vastzat met de serviezen.

Tenslotte horen servies en bestekken bij elkaar, geen mens eet met z'n handen van een mooi bord. Licht in mijn hoofd door het slaapgebrek van de afgelopen nachten – ik had geen oog dichtgedaan sinds ik thuis was – schreef ik dat dit bestek de Zonnekoning waardig was. Elegant en verfijnd, je waande je in Versailles.

Ik vroeg me af wat Pé ervan zou hebben gevonden en besloot dat het mij eigenlijk niets kon schelen.

Ik mailde de tekst en ging op de bank liggen. Straks nog even met Woezel de straat op en dan naar bed. Er moet toch een moment komen dat je niet meer wakker kunt blijven, al zou je willen.

Maar het liep natuurlijk anders. Aan het einde van de avond stond Noor ineens voor mijn neus.

'Hij is weg!' meldde ze triomfantelijk.

Ik was er even niet met mijn gedachten bij.

'Wie is weg?'

'Ik ben er net langsgereden. Er staat nu een Volkswagenbusje.'

'O, dat!'

Ze had Veer en mij op het hart gedrukt niet over 'de zaak' te spreken door de telefoon. Met dat terrorismegedoe wist je maar nooit of iemand je afluisterde, of dat je gesprekken automatisch werden opgenomen om later, als er een reden voor bleek te zijn, alsnog afgeluisterd te worden. Als we elkaar iets wilden zeggen dat van belang was, moesten we naar elkaar toe, er zat niets anders op.

'Gek idee, dat Fred nu echt spoorloos is.'

Ze haalde haar schouders op.

'Ik ben vanmiddag met Carolien bij de politie geweest. Het werd heel serieus genomen wat ze vertelde. Maar ze konden natuurlijk niet veel op dit moment, vooral omdat Carolien niet weet of Fred in België of in Nederland verdwenen is. En dat ze geen idee heeft in welke hotels hij overnachtte, maakt het er niet makkelijker op. Ik sterf van de dorst!'

Ze ging in Pé's clubfauteuil zitten, dat grote leren bakbeest scheen een onweerstaanbare aantrekkingskracht op mijn vriendinnen uit te oefenen. Zelf raakte ik er ook steeds meer aan gehecht. Zo lang Pé dat monster hier liet staan, was hij in elk geval niet definitief vertrokken.

'Hoe was het met haar?' vroeg ik, terwijl ik een witte wijn inschonk.

'Gek van ongerustheid natuurlijk. Maar ze denkt geen moment aan een misdrijf, dat zei ze ook tegen de politie. Ze denkt dat Fred misschien ergens onderweg, op een stille plek, uit de auto is gestapt omdat hij zich niet goed voelde, en daar een hartaanval heeft gekregen. Een onwaarschijnlijk verhaal eigenlijk. Die rechercheur vond dat volgens mij ook. Hij vroeg waar Freds auto dan gebleven kon zijn, maar daar ging Carolien niet op in. Ze stond op instorten, dus hij heeft het er voor het moment maar bij gelaten. Voor ons is het alleen maar gunstig dat het allemaal zo raadselachtig is.'

Haar onverschilligheid maakte me razend.

Het kon nu wel zijn dat we van Fred af waren, maar dat maakte het niet minder erg. Mijn schuldgevoel groeide met de dag, zeker nu ik had gezien hoe Carolien eraan toe was. Maar Noor scheen het werkelijk niets te kunnen schelen.

Ze zat tegenover mij, dronk in rap tempo haar wijn en bekeek mij met een beetje toegeknepen ogen.

'Interessanter dan die hele Fred is hoe jullie er verder mee omgaan, Veer en jij. Het is niet terug te draaien wat er gebeurd is, en daar moet je tegen kunnen. Jij kunt dat uiteindelijk wel, denk ik. Maar Veer is een ander verhaal. Ik moet er niet aan denken dat zij ooit door de politie ondervraagd wordt.'

Dat had ik zelf ook allang bedacht, maar wat konden we doen? Er het beste van hopen, meer zat er niet in.

Maar Noor dacht daar anders over.

'We kunnen ons niet veroorloven dat ze doorslaat. Jij ook niet, Tess! Je denkt toch niet dat je ooit nog werk krijgt als in alle kranten heeft gestaan dat je aan de dood van Fred hebt meegewerkt.'

Ik voelde kippenvel op mijn armen. Waar stuurde ze op aan?

'Ik denk dat ze beter een tijdje een flink eind uit de buurt kan blijven, en dat zal jij aan haar moeten verkopen, Tess, want mij vertrouwt ze niet. Zit er niet een of ander familielid pot te verteren op Curaçao? Een paar maanden vakantie zal haar goed doen.'

'En jij denkt dat ze het eerstvolgende vliegtuig neemt omdat het ons beter uitkomt?'

Noor haalde haar schouders op.

'Waarom niet? Ze is doodongelukkig hier. Ze kan er alleen maar van opknappen.'

'Zo simpel liggen die dingen niet, Noor."

Ze zette haar glas neer en stond op.

'Ik heb geknokt om te komen waar ik nu ben. En ik ben niet van plan alles kwijt te raken doordat iemand z'n mond niet kan houden. Dus Tess, bewerk haar een beetje. Zorg dat ze met vakantie gaat, voor haar eigen bestwil.'

Voor de tweede keer die avond kroop er een golf van kippenvel over mijn armen en rug.

Maar Noor leek volstrekt onverschillig voor het effect van haar woorden.

Ze deed de kamerdeur open en wuifde even naar me, zo'n lullig wuifje waarbij alleen de vingers van je hand bewegen. Geen glimlach. Maar waarom zou ze ook, zo lollig was het niet wat ze had gezegd.

11

Mail van Coen aan Tess:
In de tijd van de Zonnekoning was er nog geen bestek. Ook
de koning en zijn hofhouding aten met hun handen.

Mail van Tess aan Coen:
Dat komt omdat ze dit bestek niet hadden:
'Een bestek de Zonnekoning waardig.'

Mail van Coen aan Tess:
Niet slecht! Ik mail het meteen aan de klant.

Mail van Coen aan Tess:
Klant enthousiast. Ik heb een opdracht binnengekregen voor
plastic wijnglazen. Iets voor jou?

Mail van Tess aan Coen:
Lijkt me enig!
Hoe is het trouwens met je vrouw?

Pé belde toen ik een biefstuk aan het bakken was.
   De aangemaakte salade in het doorzichtige plastic
doosje stond al klaar. Hoe klote ik me soms ook voel,

er zal minimaal eens per week gezond gegeten worden, daar maak ik een punt van.

Ik klemde de mobiel tussen mijn schouder en mijn oor terwijl ik de biefstuk omdraaide. Het gesis was zo luid dat ik geen idee had wat Pé zei.

'Wacht even!' brulde ik, en deed het gas onder de pan uit.

'Ja, hier ben ik weer.'

'Ik zou je wel weer eens willen zien.'

Dit was de tekst waarop ik nu al tijden hoopte, en je zou verwachten dat mijn hart een slag in de rondte draaide nu de woorden eindelijk uitgesproken werden. Maar sinds Fred was alles anders.

'Ben je daar nog, Tess?'

'Wanneer wil je me zien?'

'Zeg maar iets. Wat vind je van morgen?'

'Waar?'

'Moeilijk uit te leggen, ik pik je wel op. Halftwaalf?'

'O, lunch.'

'Niet goed?'

'Uitstekend.'

'Je klonk alsof...'

'Uitstekend, Pé!'

Ik legde neer.

Een voordeel van zo'n kort gesprek is dat je eten niet koud wordt.

Ik schoof de biefstuk op een bord en probeerde het deksel van het doosje met de salade af te krijgen. Typisch ontworpen door een man die nooit in de keuken staat. Meestal kostte het openen mij een nagel, maar deze keer kwam ik eraf met een snee in mijn wijsvinger.

Ik had er ineens genoeg van.

Sinds Fred had ik nergens meer geduld voor, alles en iedereen irriteerde mij en minstens drie keer per dag moest ik mij beheersen om geen voorwerpen door de ruiten te gooien.

Ik sneed de biefstuk in stukjes en schoof ze in de bak van Woezel, die kwijlend aanviel.

De salade gooide ik met doosje en al in de afvalemmer.

Uit de diepvries haalde ik een doos met een restant Belgische bonbons van lang geleden. Kijk, zo'n doos kreeg je zonder enige moeite open. Het was precies zoals ik altijd al gedacht had: de heren fabrikanten zijn tegen de vrouw.

Ik ging met mijn rug tegen de bank zitten, stopte twee ijskoude bonbons tegelijk in mijn mond en begon te zappen.

We hadden nooit samen in dit onopvallende, niet erg aantrekkelijke restaurant net buiten de stad gezeten, en ik vroeg me af met wie hij hier was geweest.

Echt iets voor Pé, om zich niet te realiseren dat ik mij zoiets zou afvragen.

Het was trouwens meer een eetcafé.

Aan de bar, midden in de zaak, zaten een paar mannen zwijgend jenever te drinken uit nuffige kelkglaasjes.

Meer naar het raam zaten wij, de enigen die op deze herfstdag iets wilden eten.

De kaart was redelijk eigentijds en ik koos een ciabattabroodje met gerookte zalm en bieslookdressing.

Pé wilde hetzelfde.

Ik aarzelde toen hij voorstelde er witte wijn bij te drinken.

Drank maakt me snel sentimenteel en ik had het gevoel dat ik er beter aan deed mijn hoofd koel te houden. Aan de andere kant, wat had ik te verliezen.

De vrouw die de bestelling opnam was totaal niet van plan een praatje te beginnen, wat ons goed uitkwam. Ze wist niet hoe snel ze door moest gaan met haar werk, het opwrijven van de flessen die in rijen voor het verweerde spiegelglas van de bar stonden.

'Goed je weer te zien, Tess.'

Het was voor het eerst dat we elkaar aankeken en ik kreeg een zinkend gevoel in mijn maag toen mijn ogen die van hem ontmoetten. Verdomme, het werkte nog steeds, ik had gedacht dat ik wel zo'n beetje afgekickt zou zijn.

'Gaat het goed met je?' Een andere tekst wilde mij even niet te binnen schieten.

Hij glimlachte. 'Beter dan ik had verwacht. Het viel even niet mee, Tess, zonder jou.'

Het woord 'even' bleef met scherpe weerhaakjes hangen.

'Gelukkig dan maar dat het maar even was.'

'En gelukkig dat jij niets veranderd bent.'

'Had je iets anders gehoopt?'

'Hoop is het woord niet.'

Ik weigerde te vragen wat het woord dan wel was.

Mijn gevoel zei dat hij bezig was mij ergens heen te leiden waar ik niet zijn wilde.

De wijn werd voor ons neergezet, in glazen. Gelukkig niet het gezeur van etiket bekijken en proefdrinken.

We hieven ons glas naar elkaar. De wijn was onverwacht lekker.

'Waar ben je allemaal mee bezig, Tess? Je bent er bijna nooit als ik bel.'

Ik dacht aan Fred, die zich op dit moment god mocht weten waar bevond. Aan de dagen in Vera's huis, en het lege gevoel waarmee ik thuis was gekomen. Ik zou het hem allemaal willen vertellen. Ik zou willen dat hij mij vasthield en dat alles werd zoals vroeger, toen we nog normaal met elkaar konden praten.

Maar ik wist ook dat het niet kon.

Zwijgplicht, je kent het woord, maar hoe het voelt weet je pas als je ermee te maken krijgt.

'Tess?'

'Sorry. Gewoon. Tekstjes schrijven. Soms mis ik jouw adviezen. Je had er wel kijk op, al vond je kanker interessanter. En jij? Druk?'

'O ja...' zei hij vaag.

De broodjes werden voor ons neergezet, de dressing in een apart kommetje.

'Zal ik de glazen bijvullen?'

We knikten.

Ik kon me niet herinneren dat we ooit zo moeizaam

hadden gecommuniceerd. We leken vreemden, aan hetzelfde tafeltje terechtgekomen via een contactadvertentie waarvan we nu al spijt hadden.

Het gaf me een hopeloos gevoel.

'Pé?' zei ik.

Hij legde zijn hand op de mijne. Het voelde goed toen we onze duimen over elkaar wreven.

We aten zwijgend. 'Niet praten met je mond vol', soms is dat een uitkomst.

Pé stelde voor dat we nu maar eens aan de koffie moesten.

Absoluut verstandig, maar ik kende hem niet zo. Waarschijnlijk wilde hij vermijden dat ik straks als een dronken lor om z'n hals hing.

Hij wachtte tot de koffie voor ons stond met vertellen waarom we hier eigenlijk zaten.

'Ik heb iemand ontmoet, Tess. Ik wilde het je zelf vertellen voordat je het van een ander hoort.'

Woest geruis in mijn oren, een beetje alsof je er een nautilusschelp tegen gedrukt houdt, alleen heviger.

'Tess?'

Ik stond op, beheerst vond ik zelf, maar evengoed viel mijn stoel om. Gelukkig bleef hij tegen de lege stoel ernaast hangen.

'Ik ben zo terug...'

De ruimte bij de wc was klein, maar er was een poging tot grandeur gedaan. Naast de wasbak, met een gebarsten stuk zeep en een handdoekje aan een spijker, was een oud tafeltje gepropt, ivoorwit geschilderd, met kromme poten. Er stond een hoge smalle vaas met pauwenveren op, het blauw en groen stoffig en dof.

Het was lang geleden dat ik zoiets had gezien. Ik stapte de wc binnen, deed de klep en de zitting omhoog, veegde een paar opgedroogde plekken van het witte porselein en hing er evengoed boven, in een ongemakkelijke houding.

De closetrolhouder was op zo'n ongelukkige plek gehangen dat ik mij in een bocht moest wringen om erbij te kunnen. Ik trok er een stuk papier af, waarbij de rol losschoot en achter het afvalemmertje tegen de muur tot stilstand kwam.

Er zijn mensen die in zo'n geval onbekommerd wegwandelen, maar helaas behoor ik tot de mensen die een dergelijke situatie niet kunnen negeren.

Ik hurkte en probeerde de rol naar mij toe te krijgen door aan de losgeraakte strook papier te trekken. Het enige effect was dat de strook langer werd.

Nog steeds in hurkzit schuifelde ik half onder de wasbak. Uit de zwanenhals stak viezig pluistouw, maar ik had de rol in elk geval nu tussen duim en wijsvinger beet. Er kleefde een grote stofvlok vermengd met haren aan.

Het afvalemmertje waar ik nu ongeveer met mijn neus in zat, verspreidde een weeïge geur. Ik schuifelde als een krab achteruit, kwam te vroeg omhoog en stootte gevoelig mijn hoofd aan de onderkant van de wasbak. Door de schok raakte in elk geval de stofvlok los.

Toen ik weer stond – mijn gezicht voelde klam –

probeerde ik het papier terug te rollen. Het resultaat was niet om aan te zien, en ongeduldig scheurde ik de strook eraf, gooide die in de wc-pot, hing de rol op en trok door.

Hetzelfde ijzeren plichtsgevoel dat mij in deze belachelijke situatie had gebracht, dwong mij te wachten tot het resultaat zichtbaar was: een deel van de strook was inderdaad in de afvoer verdwenen, maar de rest plakte vlak onder de bovenkant, daar waar doorspoelen geen effect had.

Ik trok een stuk papier van de rol, veegde het in de pot vastgeplakte papier los en trok weer door.

Het verdween wervelend.

Ik stond er even naar te kijken en klapte toen het deksel neer.

'Waar bleef je zo lang?'

Pé slaagde er nauwelijks in zijn irritatie te verbergen.

'Mijn god, wat heb je uitgevoerd? Je ziet eruit alsof je de Hema hebt aangedweild.'

Hij zat er niet eens zo gek ver naast.

Terwijl ik weg was had hij mijn koude koffie laten vervangen door nieuwe, ik brandde mijn mond, en dat was precies wat ik nodig had om een beetje tot mezelf te komen.

'Was het al aan toen wij nog samen waren?'

Hij aarzelde. 'We kenden elkaar.'

Ik ging rechtop zitten.

'Lijkt me fijn voor je. Voor jullie. Hoe heet ze?'

Weer een aarzeling. Misschien was hij bang dat ik haar zou opzoeken om een rel te maken. Hij was op dat gebied wel het een en ander van me gewend.

'Alice.'

'Hij sprak het op een *Alice in Wonderland*-manier uit. Met vertedering in zijn stem. Hij was nog in het stadium dat zelfs het uitspreken van de naam van een geliefde je in vervoering brengt. Zo had hij ook ooit mijn naam uitgesproken...

'Hoe goed kenden jullie elkaar?'

De voortekenen waren hem bekend.

'Ik ga je thuisbrengen, Tess,' zei hij terwijl hij opstond.

We zeiden niets, de hele weg naar huis niet.

Wat een kutstad is Den Haag eigenlijk, dacht ik toen we mijn buurt naderden. Alleen maar blokken met op elkaar gestapelde mensen!

Maar ik nam vriendelijk afscheid en slaagde er zelfs in om 'Het was gezellig' uit mijn keel te persen.

Een goede opvoeding is nooit weg.

12

Er waren een paar prachtige dagen aangebroken, waarin het warm genoeg was om in de zon te zitten.

De terrasjes waren vol, de mensen verkeerden in een soort euforie, alsof in het gouden licht van de onverwachte herfstzon, zo laat in het seizoen, hun problemen makkelijker oplosbaar leken.

Toen ik in de schemering met Woezel door het park liep, hoorde ik ineens een oorverdovend lawaai van vogels boven mij.

De lantarens waren al aan, oranje licht scheen door het verkleurende blad aan de bomen. De hemel was indigoblauw met een zweem roze, en daartegen tekende zich een enorme zwerm kauwtjes af. Er zat geen enkele orde in hun vlucht, zoals je dat ziet bij eenden of ganzen, die strakke lijnen vormen en zich daaraan houden. Er waren er zelfs die tegen de richting in terugvlogen. Hun aantal groeide, de ene zwerm was nog niet verdwenen of de volgende dook op vanachter de hoge eiken aan de rand van het park.

Ze waren luidkeels aan het kletsen met elkaar, terwijl het ruisen van hun vleugels vermenigvuldigd werd tot het geluid van een enorme windmachine.

Met mijn hoofd in mijn nek stond ik te kijken, bevangen door een aan tranen grenzend gevoel van nostalgie, waarvan de bron me niet duidelijk was.

Drie dagen later vond een man die uit het zicht wilde plassen, een merkwaardig, in landbouwplastic gewikkeld groot voorwerp in de bosjes bij een parkeerplaats langs de E9.

Zijn instinct zei hem dat het foute boel was, en hij belde meteen de politie.

Dat hij gelijk had, bleek al snel.

In het pak bevond zich, in verregaande staat van ontbinding, het lichaam van een man.

In het krantenberichtje over de vondst stond dat de identiteit nog niet was vastgesteld. De politie vermoedde een misdrijf. Wat mij een verstandig vermoeden leek, mensen hebben zelden de neiging zichzelf in landbouwplastic te rollen voordat ze op een natuurlijke manier overlijden.

Het was een kort krantenberichtje, en niet eens op de eerste pagina, maar mijn oog viel er meteen op. Ik vroeg mij af of Carolien het ook gelezen had.

Of zou ze door de politie gebeld zijn met de mededeling dat mogelijkerwijs haar verdwenen echtgenoot gevonden was?

Ik had werkelijk geen idee hoe zulke dingen in z'n werk gaan, en dat viel me van mijzelf tegen.

Hoe vaak had ik inspector Frost niet op de voet gevolgd, samen met hem slachtoffers bekeken, nabestaanden ingelicht en zijn gesprekken met de patholoog-anatoom aangehoord. Maar het had niets anders opgeleverd dan een vaag idee dat gebitten een grote rol spelen bij identificaties. En dat had ik niet eens uit die serie, maar uit een artikel over een vliegtuigramp.

Ik stapte op de fiets en reed naar het huis van Carolien.

Ik had geen idee wat ik zou aantreffen, en al helemaal niet wat ik zou moeten zeggen als bleek dat ze van niets wist.

Maar ze had het bericht al gelezen, een halfuur voordat ze door de rechercheur was gebeld met wie ze eerder had gepraat, vertelde Noor, terwijl ze mij opendeed.

Ze wist dat de politie de mogelijkheid reëel achtte dat het lichaam van de onbekende man dat van Fred was.

We hadden toen al een zware tijd achter de rug.

Nadat ze samen met Noor aangifte had gedaan van de verdwijning van Fred, was Carolien niet meer naar school gegaan.

Haar reden om thuis te blijven was dat ze niet in een vreemde omgeving wilde zijn als er bericht over Fred kwam.

De fut was eruit, je kon zien dat ze aan haar laatste reserves bezig was, al liet ze zich er niet over uit hoe ze zich voelde.

Wij hadden met elkaar afgesproken dat er altijd iemand bij haar zou zijn. Zelfs Minka wilde ingeroosterd worden, al was het maar voor de avond, wanneer een buurmeisje op de kinderen paste.

Noor en ik wisselden elkaar overdag af. Dat Veer ook iets moest doen was duidelijk, er was geen excuus te bedenken om daaraan te ontkomen. Op mijn suggestie om een tijdje bij haar familie op Curaçao te logeren, was ze niet ingegaan. Ik denk dat ze er nu spijt van had, want ze kon het nauwelijks opbrengen om in de nabijheid van Carolien te zijn. Het was Noors idee dat ze 's nachts bij Carolien zou zijn, op die manier stond ze haar bij terwijl het contact beperkt bleef.

Carolien was geroerd door onze zorg voor haar.

Ze had geprotesteerd toen we haar ons schema vertelden, het leek haar een gigantische inbreuk op ons leven, wat natuurlijk ook zo was, maar uit alles bleek dat het haar opluchtte dat ze niet alleen hoefde te zijn.

Elk uur in dat huis waarin Fred nooit meer terug zou komen, onderging ik als een vorm van boetedoening.

De troostende en bemoedigende woorden die Carolien van mij mocht verwachten, kwamen met moeite mijn strot uit.

Hoe kon ik met haar mee hopen dat het allemaal goed zou aflopen, terwijl ik wist dat de ergste klap nog moest komen?

Ik stikte in die woonkamer met de ingelijste vakantiefoto's op het bureautje en aan de muur. In dat huis waarin Fred sterker aanwezig leek dan hij bij leven zou zijn geweest.

Er viel niet aan hem te ontkomen.

Zelfs toen ik aanbood de was te doen, die bijna de mand uit puilde, kwam ik Fred tegen in de vorm van een reeks Calvin Klein-slips.

Carolien wees waar ik ze kon neerleggen toen ze droog en opgevouwen waren. De geur van Freds aftershave kwam me tegemoet toen ze de kastdeur opendeed; dezelfde geur die mij bijna onpasselijk had gemaakt toen ik met mijn duimen zijn oogleden sloot.

Maar Carolien leunde tegen de open deur van de linnenkast, haar ogen dicht, terwijl ze Freds geur diep inademde.

'Hij voelt zo dichtbij, zo dichtbij...' mompelde ze.

En wat later, toen we koffie dronken aan de keukentafel: 'Ik voelde zo-even ineens dat het allemaal goed zal komen. Is het niet vreemd? Ken je dat gevoel, dat je met elkaar communiceert terwijl dat eigenlijk niet mogelijk is?'

Ik zei dat ik dat gevoel niet kende. Dat ik alleen maar kon communiceren met iemand die er echt was. Ik etaleerde mijzelf als een supertrut, alles liever dan meegaan in haar illusie dat het noodlot af te wenden was.

Carolien stond bij het raam. Ze keerde zich om toen ze ons hoorde binnenkomen. Haar ogen onnatuurlijk groot en helder.

'Wat lief dat je bent gekomen, Tess. Je hebt het zeker al gehoord? Er is zo'n mal misverstand. De politie denkt dat ze Fred gevonden hebben, die dode man uit de krant. Ik kon het ze niet uit hun hoofd praten, vraag maar aan Noor, die was erbij.'

Noor kuchte.

'Ze zeiden het niet met zekerheid, Caro. Ze kunnen het vaststellen aan de hand van gebitsgegevens. Ze gingen contact opnemen met Freds tandarts. Dat zeiden ze toch tegen jou?'

'En dan nog? Fred is toevallig wel wat meer dan een gebit!'

Noor legde haar hand op Caroliens schouder, maar die schudde hem driftig van zich af.

'Je begrijpt er niets van, Noor, dat is wat er aan de hand is.'

En tegen mij: 'Noor nam de telefoon op, snap je. Ze zijn eerst tegen haar gaan praten, ze dachten dat ze mij aan de lijn hadden. En Noor maar zeggen: 'Ja, ik begrijp het.' Maar er valt niets te begrijpen. Ik weet niet waar Fred is, maar dat hij nog leeft, weet ik zeker.'

Ze draaide zich weer om, de intensiteit waarmee ze had gesproken, was bijna griezelig.

Noor wenkte mij en we liepen naar de keuken. Ik denk dat Caro niet eens merkte dat we de kamer uit gingen.

'Ze zit tegen een instorting aan,' zei Noor zacht. 'Als het echt Fred is, en het kan bijna niet anders, dan is het gebeurd met haar. Vind je niet dat we de dokter moeten waarschuwen? Misschien is het een goed idee als ze nu al iets slikt. Want zo redt ze het niet wanneer de klap komt.'

In de kamer ging de telefoon over. Het geluid hield zo snel op dat het leek alsof Carolien met het toestel in de hand had gezeten.

Daarna een stilte die eindeloos leek te duren.

We renden de gang door, maar nog voordat we de kamerdeur hadden bereikt, hoorden we Carolien schreeuwen.

Het vreselijkste geluid dat ik ooit heb gehoord.

Na de injectie van de huisarts liet ze zich als een kind naar bed brengen.

Ik deed haar bovenkleren uit, legde haar op bed, haar handen gevouwen over haar buik, en trok het dekbed op tot onder haar kin.

Het leek nauwelijks tot haar door te dringen wat er met haar gebeurde.

Ik keek naar haar gezicht op het Laura Ashley-kussen, haar donkere haren in een krans eromheen. Ze was bleek en haar oogleden leken kleine doorzichtige schelpen vol fijne roze adertjes.

Ik realiseerde mij hoe goed Fred dit gezicht gekend had. Het had op het hoofdkussen naast het zijne gelegen, al die jaren dat ze met elkaar getrouwd waren geweest. Hij had zich ontelbare keren over dit gezicht gebogen als hij met haar vrijde. Had het met zijn lippen gestreeld, met zijn handen geliefkoosd. Hij had het vertrokken van pijn gezien toen ze hun kinderen baarde.

Wat een armzalige rol had Noor vergeleken daarbij in zijn leven gespeeld.

Ik dacht aan Pé, die altijd zei dat hij emotioneel trouw was, en ik vroeg me af hoe Fred zijn eigen ontrouw benoemd zou hebben.

Het was jammer dat we nooit een normaal gesprek met elkaar hadden gevoerd, hij had me vast boeiende dingen kunnen vertellen. Dingen die je van een man moet horen, omdat vrouwen nu eenmaal anders denken.

Mijn zenuwen waren nog rauw van het verschrikkelijke geluid dat uit Carolien was gekomen. Ik voelde me ontregeld, en zo schuldig dat ik eraan twijfelde of ik die last ooit zou kunnen afschudden.

Noor was naar de apotheek om de kalmerende tabletten te halen die de dokter had voorgeschreven, en het was goed haar even niet te hoeven zien.

Steeds sterker drong het tot me door dat ze Veer en mij had meegesleept in een situatie waarmee we niets te maken hadden. Gezwicht voor haar beroep op onze vriendschap waren we, alsof we nog steeds die schoolmeisjes waren die niet in ongenade wilden vallen. Hoe kon ze zoveel macht over ons houden? Zodra zij onze loyaliteit ter discussie stelde en ons vertelde wat we ergens van moesten vinden, reageerden wij als goed afgerichte honden. Het was toch te gek voor woorden dat Veer gehoorzaam haar koffer pakte om naar Patricia in Brussel te vertrekken, iedere keer als Noor aankondigde dat Fred en zij hoognodig haar huis en haar bed nodig hadden. We hadden het laten gebeuren, keer op keer, en er was een dode man voor

nodig om te beseffen hoe ver het met ons was gekomen.

Carolien wilde per se naar de parkeerhaven waar Freds
lichaam was gevonden.

Na wat heen en weer telefoneren wist Noor een rechercheur te bereiken die bij de vondst van Fred betrokken was geweest.

Hij voelde er weinig voor dit soort inlichtingen te
geven, het leek hem niet in het belang van de weduwe
om daar rond te lopen, zei hij diplomatiek.

Dat hadden we zelf natuurlijk ook bedacht en zo
voorzichtig mogelijk aan Carolien verteld. Maar ze
was er niet van af te brengen. Als wij geen zin hadden
om mee te gaan, zou ze het zelf wel uitzoeken, maar
gaan zou ze, met of zonder ons. En dat was het laatste
wat wij wilden.

Dus praatte Noor net zolang óp de rechercheur in
totdat hij met tegenzin vertelde op welke parkeerhaven wij moesten zijn.

Ze had ook geïnformeerd hoe groot de kans was dat
Freds auto ooit gevonden zou worden, maar die was te
verwaarlozen, had hij gezegd. Een Mercedes zoals die
van Fred is dezelfde dag dat ie gestolen wordt, klaar
om, voorzien van een ander kenteken en motorblok,
uitgevoerd te worden naar het Oostblok, Zuid-Afrika
of Suriname. Markt genoeg voor zulke klassewagens.

Ze meldde het met enige trots, het was haar toch
maar mooi gelukt iemand informatie te ontfutselen.

Toen ik vroeg of ze het niet doodeng had gevonden

149

om de politie te bellen terwijl zij tenslotte degene was die aan de dood van Fred had meegewerkt, keek ze me oprecht verbaasd aan.

Dat was nou echt niet in haar opgekomen.

Het was rotweer toen we over de E9 reden.

De wind duwde ons bijna van de weg en de ruitenwissers konden zelfs op dubbele snelheid de regen niet verwerken.

Noor reed voor ons uit met Carolien, die tot de nok onder de tranquillizers zat, naast zich.

Ik volgde met Veer en Minka haar achterlichten.

We hadden paraplu's bij ons, maar toen we op de parkeerplaats uitstapten, klapte de wind ze meteen dubbel.

Mijn haren waaiden alle kanten uit en de regen striemde mijn gezicht.

Carolien had een hoofddoek om gedaan, zedig onder haar kin geknoopt. Het bleek de enige bescherming waar je in zo'n storm iets aan hebt.

We stonden naast de auto's met onze voeten in een grote modderplas en keken een beetje verloren om ons heen. Fred was achter bosjes gevonden, maar de hele achterkant van het parkeerterrein bestond uit lage struiken; hoe konden we de goede plek vinden?

Met gebogen hoofd liepen we tegen de wind in, zonder te weten wat we zochten, totdat Noor aan een struik een restje van het roodwitte tape zag hangen waarmee de politie de plek had afgezet waar Fred gevonden was.

We zagen er inmiddels uit als verzopen katten, de wind had de onderkant van mijn jas opengerukt, mijn rok klapperde doornat tegen mijn benen en mijn schoenen liepen vol omdat er op het hele terrein geen plek te vinden was die niet in een plas was veranderd.

Carolien liep met grote stappen voor ons uit.

Ze deed geen enkele moeite haar kleren een beetje bij elkaar te houden, en ik had de indruk dat ze nauwelijks wist waar ze liep. Tussen haar twee handen hield ze een boeketje rozen, klein en dieprood en zonder papier eromheen.

Later zag ik aan de veegjes bloed op haar handpalmen dat de doornen haar venijnig geprikt hadden. Ik denk niet dat ze er iets van gevoeld heeft.

Daar waar het gras was platgetrapt en de struiken geknakte takken hadden, bleef ze staan.

Wij stonden zwijgend achter haar te klappertanden, met de minuut natter en kouder, hopend dat het allemaal gauw voorbij zou gaan. Carolien bukte zich, legde de roosjes in het natte gras en streelde even de platgedrukte plek ernaast.

Ze kwam overeind, draaide zich abrupt om en zonder naar ons te kijken liep ze terug naar de auto's.

We hadden geen van allen de moed een arm om haar heen te slaan en iets tegen haar te zeggen, maar dat scheen ze ook niet te verwachten. Het leek alsof ze een onzichtbare cirkel om zich heen had getrokken, waarbinnen ze niemand duldde.

Ik had het makkelijker gevonden als ze had gehuild, geschreeuwd voor mijn part. Het zou me afgeleid hebben van mijn eigen emoties. Hier, op deze plek was waarschijnlijk diep in de nacht een auto gestopt, waarna Fred voor de zoveelste keer gedumpt werd.

Gehuld in het landbouwplastic dat Noor had gekocht en dat ze samen met mij om hem heen had gewikkeld.

Een scène als uit een Poolse film, twee vrouwen met rubber handschoenen aan over een lichaam gebogen, alsof ze aan de lopende band in een vleesfabriek de onderdelen van een dood varken verwerkten.

Ik probeerde mij zijn gezicht voor te stellen zoals ik het zo vaak had gezien, lachend, flirtend, een beetje dronken, maar het lukte niet. Alleen zijn ogen zag ik steeds, wijdopen en langs mij heen starend, totdat ik met mijn duim eerst het ene en toen het andere oog sloot.

Veer en ik worstelden dicht naast elkaar met de wind en de regen, terwijl Carolien allang bij Noors auto stond, kaarsrecht en zonder een teken van ongeduld.

Toen ik opzij keek zag ik dat Veer huilde, haar tanden in haar onderlip, haar vuisten gebald.

Ik had ineens zo met haar te doen, arme Veer die nog geen vlieg kwaad zou doen en nu zonder dat ze er ook maar iets aan kon doen, veroordeeld was tot een levenslang schuldgevoel.

We brachten Carolien naar huis terug.

'Zullen we nog even mee naar binnen gaan?' stelde Minka voor.

Carolien keek haar aan alsof ze niet begreep waar ze het over had. Ze schudde kort haar hoofd, en even kreeg ik het gevoel dat onze vriendschap werd afgewezen omdat ze voelde dat er iets niet aan deugde.

Dat kwam natuurlijk door mijn overspannen verbeelding.

Caro hoorde tot het type mens dat tegenslagen het liefst alleen en in stilte verwerkt. Dat ze ons een week in haar huis had geduld, was heel bijzonder geweest en de reden was waarschijnlijk dat ze de onzekerheid niet alleen kon dragen.

Nu ze wist waar ze aan toe was, had ze ons gezelschap niet meer nodig.

We keken haar zwijgend na toen ze naar de voordeur liep, die opende en achter zich sloot, zonder nog een blik op ons te werpen.

Nooit eerder heb ik zo'n eenzame rug gezien.

13

Caroliens zonen waren gekomen met hun vrouwen om de begrafenis te regelen. Het lichaam van Fred was vrijgegeven. Onderzoek had uitgewezen dat zijn dood veroorzaakt was door een hartaanval.

Er waren sporen gevonden van een slag met een vuist of een bot voorwerp in zijn gezicht, maar niet dusdanig dat het zijn dood had kunnen veroorzaken.

Aan zijn lichaam en kleding waren sporen gevonden van de kofferbakbekleding die gangbaar was voor de Mercedes van het type waarin hij reed. Zulke sporen waren ook aangetroffen op het plakband waarmee het landbouwplastic waarin hij was gerold, was dichtgeplakt. Hij had dus kennelijk, verpakt en wel, in zijn eigen kofferbak gelegen.

De theorie was dat hij iemand betrapt had die zijn auto wilde stelen, door de autodief was neergeslagen en als gevolg van de opwinding die de gebeurtenis veroorzaakte, een hartinfarct had gekregen die zijn onmiddellijke dood tot gevolg had.

De autodief had hem waarschijnlijk in paniek in de kofferbak gelegd en hem later in landbouwplastic verpakt om een reden die niet helemaal duidelijk was.

Zeker was dat er een behoorlijk aantal dagen verstreken was tussen de diefstal van zijn auto en het dumpen van zijn lichaam.

Waarom dat zolang had geduurd was een vraag waarop het antwoord ontbrak.

Het klonk allemaal behoorlijk logisch, en er was voor de politie geen reden om in zijn directe omgeving op onderzoek uit te gaan.

'Daar zijn we vanaf!' zei Noor. 'Case closed. Dus Veer, nou verder geen gezeik meer, Fred had hoe dan ook binnenkort een infarct gehad. We hebben hem een onwaardig bestaan als invalide bespaard. Dat had hij pas echt erg gevonden en het zou verdomd lastig zijn geweest voor Caro.'

'Toch zijn we strafbaar,' hield Veer koppig vol. 'We hebben een lijk aan de openbare orde onttrokken en dat is verboden.'

Noor keek haar peinzend aan, zelfs voor een kat zijn sommige muisjes te klein om moeite voor te doen.

Haar schouderophalen was een punt achter de niet uitgesproken gedachte dat Veer niet spoorde, maar verder wel aardig was.

We zaten met z'n drieën in De Maegd.

Op Carolien hoefden we voorlopig niet te rekenen en Minka kon er zelden tussenuit nu Roel steeds langere reizen maakte en haar schoonfamilie doorlopend een beroep op haar deed.

Het was ironisch dat van het oorspronkelijke clubje de drie schuldigen waren overgebleven.

Ik vroeg me af of Veer en Noor het ook misten dat we bijna nooit meer met z'n allen waren. En of ze ook beseften dat die goeie ouwe tijd waarin we zo ontzettend met elkaar gelachen hadden, voorgoed voorbij was.

Nog niet lang geleden zou ik zo'n gedachte zonder aarzelen aan de anderen hebben voorgelegd, waarna er een eindeloze discussie zou zijn gevolgd. Het was tekenend voor de nieuwe situatie dat niemand meer praatte over wat er werkelijk toe deed.

'Weten jullie al wat je aantrekt naar de begrafenis?' vroeg Noor, terwijl ze haar glas pakte. 'Ik draag altijd al graag zwart, maar voor een begrafenis hoeft het tegenwoordig niet meer, net zomin als hoeden. Wat jammer is, want het is een perfecte aanleiding om eens in stijl te verschijnen.'

Ze keek misprijzend naar de koffie verkeerd die ik voor me had staan.

Ik weet ook niet waarom ik ineens geen wijn meer wilde drinken. Misschien omdat ik het altijd gezien had als iets wat de gezelligheid verhoogde. Herrlich zusammen ein wenig betrunken werden. Maar niets was meer gezellig. We hadden een geheim dat we met niemand konden delen, dat was het enige wat ons nog bond.

Het was mij liever geweest als we elkaar een hele tijd niet meer zouden zien, maar dat zat er niet in. Noor had beslist dat we uit het oogpunt van veiligheid ons normale leven moesten voortzetten. Juist nu mochten we niet opvallen. Maar de ware stemming wilde niet komen. Zeker niet nu Noor niet ophield met mekkeren over begrafeniskleding.

Ik dacht aan mijn literaire thriller waaraan ik een paar dagen eerder eindelijk was begonnen. Het werd toch *Terug naar Delfzijl*, had ik besloten. Eigenlijk zou ik een beetje research moeten doen, even Maigret googelen, maar ik had er geen zin in.

Feiten kon ik altijd nog aanbrengen, het ging in de eerste plaats om de sfeer in dat stadje van dronken zeelui, messentrekkers en hoeren.

'Hallo, ben je er nog?' Noor keek me niet al te vriendelijk aan.

'Ook iets zwarts, denk ik,' zei ik terwijl ik opstond.

'Ruzie gehad?' informeerde Bart toen ik afrekende. In anderhalf uur had hij twee glazen wijn aan ons gesleten, een laagterecord.

'We doen aan de lijn,' zei ik, en dat bleek een gouden greep want dat kon hij begrijpen.

We begroeven Fred op een prachtige herfstdag.

Een van die stralende dagen die november soms als een onverwacht cadeautje in petto heeft. Er lag gouden herfstblad op de graven, en tussen de takken van een heester, vlak bij de rechthoekige kuil waarin we straks Fred zouden achterlaten, had een kruisspin een web geweven dat glinsterde in de zon.

Er was een bijeenkomst in de aula geweest.

De zonen van Fred hadden herinneringen opgehaald aan hun vader, en met een schok drong het tot me door dat die ijdele macho-achtige man een vader was geweest die op handen en voeten door de kamer had gekropen met zijn zonen op z'n rug. Kennelijk was hij degene geweest die 's nachts zijn bed uit kwam als het onweerde en de jongens bang waren. Ze gingen ook altijd met hem naar avonturenfilms en hij had een keer, toen zijn zonen pubers waren, een motorboot gehuurd waarop ze met z'n drieën een week gevaren hadden.

Carolien zat op de voorste rij, kaarsrecht, haar gezicht in de schaduw van de brede rand van haar zwarte hoed.

Tussen haar zonen in liep ze achter de kist naar het graf.

Ze passeerde ons op nog geen halve meter afstand, maar ze zag niemand. Aan haar gezicht was geen enkele emotie af te lezen.

Haar heb ik niet zien huilen, maar Vera des te meer.

Al in de aula zat ze hoorbaar te snuffen in haar zakdoek, en toen de kist met Fred erin langzaam zakte, begon ze luidkeels te snikken, haar handen voor haar ogen.

Ik zag mensen misprijzend naar haar kijken. Het is niet netjes om de show te stelen bij een begrafenis en met zoveel misbaar de aandacht af te leiden van degene die recht heeft op luidkeels verdriet. Maar ze kon er niets aan doen, denk ik.

Ik vermoed dat op dat moment pas tot haar doordrong hoe onherroepelijk het was, wat er was gebeurd.

Ik sloeg mijn arm om haar heen en probeerde haar te kalmeren, maar ze legde haar hoofd op mijn schouder en begon nog harder te huilen.

Over haar gebogen hoofd heen ontmoetten mijn ogen die van Noor.

We hadden die middag nog niet met elkaar gepraat, en vanuit de verte had ik mij verbaasd over haar enorme hoed en de retro zonnebril eronder, waardoor ze leek op een incognito filmster die graag herkend wil worden.

Nu had ze de bril afgezet en ik zag een uitdrukking op haar gezicht die ik niet kon plaatsen, maar die mij een vervelend gevoel in mijn maag bezorgde.

Achteraf denk ik dat ze die middag tot de conclusie kwam dat ze haar lot niet langer afhankelijk kon laten zijn van de emotionele tijdbom die Veer langzamerhand aan het worden was.

Toen Carolien de eerste handvol aarde tussen haar vingers door op de kist liet glijden, raakte Veer zo overstuur dat ik met mijn arm om haar heen wegliep.

We vielen op, ik weet zeker dat er achteraf over gepraat is en dat mensen wilden weten wat in godsnaam de relatie tussen Fred en die blonde vrouw was geweest, die zo overstuur raakte dat ze weggeleid moest worden.

Met een schokkende Veer naast me reed ik de begraafplaats af en zwijgend bracht ik haar naar huis.

'Ga je nog even mee naar binnen?' vroeg ze met een klein stemmetje, toen ik bij haar huis stopte.

Ik weet dat het bot van me was en later heb ik daar vaak wroeging over gevoeld, maar ik kon het niet opbrengen nog langer de troostende vriendin uit te hangen. Ik liet de motor draaien terwijl ze uitstapte en reed weg zonder nog iets tegen haar te zeggen.

Die nacht kon ik niet slapen. Ik zag het eerste licht door de kieren in de gordijnen kruipen, grauw en herfstig. Het weer was kennelijk omgeslagen, en dat was goed, ik was niet in de stemming voor zon.

Eigenlijk was ik nergens voor in de stemming.

Mijn leven was al een hele tijd een behoorlijke rotzooi, maar nu was het absolute dieptepunt bereikt.

Aan Veer merkte ik dat ze niet lang meer haar mond zou kunnen houden, en als ik dacht aan wat er zou gebeuren als ze ging praten, brak het zweet mij uit.

We waren genoeg in de fout gegaan om een groot probleem te hebben als het uitkwam. Ik weet niet of er een strafrechter aan te pas zou komen, maar voor de kranten zou dat geen verschil maken, ze zouden ervan smullen. Het kostte me geen enkele moeite om een paar sappige koppen te bedenken. Foto's en verhalen over ons drieën zouden ons de rest van ons leven achtervolgen, zelfs als we door de rechter niet schuldig bevonden zouden worden aan wat dan ook.

Wie zou mij ooit nog een opdracht geven?

En Noor zou tegelijk met Charles alles kwijtraken waarvoor ze volgens haar eigen zeggen haar hele leven had geknokt.

Het ironische van het verhaal was dat Veer er als

enige goed van af zou komen. Ze hoefde alleen maar naar het buitenland te verhuizen, waar niemand haar kende. Geld genoeg, de enige van ons drieën die financieel volkomen onafhankelijk was.

Om haar zuivere geweten terug te krijgen zou ze Noor en mij offeren, ik wist het zeker, was het vandaag niet dan morgen of volgend jaar.

Het was pas acht uur, ik had makkelijk nog een uur in bed kunnen blijven, maar het had geen zin, slapen zat er toch niet meer in.

Ik stond lang onder een zo heet mogelijke douche, waarna ik mijzelf kort met ijskoud water afspoelde, naar adem happend, maar in elk geval was ik weer helder.

Ik trok jeans en een wollen coltrui aan, en daarover mijn Lammycoat, waarvan ik de kraag hoog opzette.

Aan handschoenen dacht ik niet toen ik Woezel aanlijnde. Ik had ze dit seizoen nog niet nodig gehad, maar na vijf minuten lopen had ik spijt, mijn vingers waren stijf van de kou, mijn adem kwam als wolkjes uit mijn mond.

Ik liep om de vijver heen. Vijf eenden dobberden roerloos op hun spiegelbeeld, boven mijn hoofd kwam met veel schel lawaai een stel meeuwen aangevlogen, duidelijk bezig met de achtervolging van een soortgenoot, die een groot stuk brood in zijn snavel had.

Hij maakte zoveel mogelijk bochten om de andere meeuwen te ontvluchten, maar ze lieten niet af, en ik zag het brood uit zijn snavel vallen, gevolgd door de kluit meeuwen die in het water verdergingen met hun strijd.

De formatie eenden stoomde rustig maar snel op, maar voordat ze de meeuwen bereikt hadden vloog er een omhoog, het brood triomfantelijk in zijn snavel. Vreemd genoeg was er geen vogel meer die hem volgde.

Ik stond ernaar te kijken, terwijl Woezel wat bomen besproedelde zonder mij daarbij uit het oog te verliezen. Nog voordat ik hem floot kwam hij naar me toe.

Ik weet niet waarom de gedachte dat ik mij nooit meer echt veilig zou voelen door mij heen flitste terwijl ik mij over hem heen boog om de riem vast te maken.

Van de periode na de begrafenis van Fred kan ik me weinig details herinneren.

Ik werkte hard, dat is altijd een goede remedie als je niet goed in je vel zit. Bovendien was het hoognodig dat er weer eens geld binnenkwam, ik had de huur voor november niet eens bij elkaar.

Coen was redelijk tevreden met mijn tekst over plastic wijnglazen. Mijn gedachten over mensen die wijn uit plastic drinken, had ik verdrongen. Zelf wilde ik er niet eens water uit drinken, ik verbeeldde mij dat je het kon proeven, en zelfs na het tanden poetsen spoelde ik mijn mond met water uit een glas van glas.

Gelukkig had Coen niet meteen een nieuwe opdracht voor me, ik had het voorlopig een beetje gehad met het aanprijzen van allerlei troep.

Als freelancer met weinig omzet kon ik het mij niet veroorloven opdrachten af te zeggen, maar dat nam niet weg dat ik dolblij was een tijdje niets van hem te horen zodat ik ongestoord kon werken aan mijn boek, waaraan ik elke avond een paar pagina's schreef die ik de volgende ochtend met een zekere walging weer wiste, zodat ik uiteindelijk niets opschoot.

Van wie ik wel iets hoorde, was Pé. Hij belde op een avond laat, duidelijk een beetje aangeschoten, om mij te vertellen dat hij zijn spullen wilde komen verhuizen.

'Goh, ga je Wonderland inrichten?' vroeg ik.

Die opmerking negeerde hij, zoals ik al had verwacht.

In plaats van behoorlijk antwoord te geven op een alleszins redelijk vraag, begon hij uit te leggen hoe hij het zich gedacht had.

Hij zou beginnen met het in dozen pakken van zijn boeken en daarna zou hij alles bij elkaar zetten wat met het busje mee moest, zodat ik er zo min mogelijk last van zou hebben.

Alsof het mij ook maar iets kon schelen hoe hij vertrok. Ik was nog niet eens over de klap heen dát hij ging.

Als dit het resultaat was van maandenlang nadenken hoe het met ons verder moest, had hij dat wat mij betreft net zo goed kunnen laten.

Hij vroeg hoe het met mij ging.

'Wat denk je?' zei ik, en daar had hij geen weerwoord op.

Zelf wist ik het antwoord trouwens ook niet. Ik had het gevoel dat ik aan een ernstige ziekte leed, die een onzichtbare band om mijn keel klemde en het weinige plezier dat ik in sommige dingen had, afkalfde.

Hij kwam de volgende avond, dan had hij het maar gehad, zei hij.

Het leek de laatste tijd alsof hij alleen nog maar dingen kon zeggen waarmee hij op mijn hart trapte. Hoewel ik de mogelijkheid niet uitsloot dat ik wat overgevoelig aan het worden was.

Ik deed een stap opzij en liet hem binnen. Hij liep rechtstreeks door naar boven, terwijl ik in de keuken de bak van Woezel vulde met smurrie uit een blik.

Het klonk vertrouwd, zijn voetstappen op de trap, het was voor het eerst sinds hij weg was dat ik in mijn huis weer iemand naar boven hoorde lopen.

Ik zette koffie, overwoog of ik Pé een beker zou brengen, liet de gedachte varen en zette in plaats daarvan de televisie aan.

Een vrouw vertelde dat ze zich bewust was geworden van wat er aan haar leven ontbrak toen ze de Heer ontdekte.

'Op dat moment wist ik pas wat ik altijd had gemist.'

Ik deed de televisie weer uit, en daarna mijn linkerlaars en mijn sok, zodat ik met hartstocht aan de plek midden onder mijn voet kon krabben die om onverklaarbare redenen soms ineens tot gek wordens jeukt. Een mysterieus plekje, want diezelfde jeuk op exact dezelfde plek deed zich ook vaak voor als ik aan het vrijen was met Pé, zodat ik hem verraste met ongerijmde bewegingen als ik probeerde met mijn rechterteen de onderkant van mijn linkervoet te krabben.

Ondertussen dacht ik na over de woorden van de vrouw.

Achteraf weten dat je iets gemist hebt wat je eerst niet kende.

In al zijn eenvoud een uitspraak met een diep filosofische ondergrond. Hoe kun je iets missen waarvan je geen idee hebt dat het bestaat, zelfs achteraf lijkt me dat een hele toer.

Kan een analfabeet *De ondraaglijke lichtheid van het bestaan* missen?

Pé stapte de kamer in toen ik mijn sok weer aan het aantrekken was. Ik schoof 'm snel omhoog, mijn benen zagen er niet op hun best uit, te lang niet in de zon geweest en met het insmeren met crème was het de laatste tijd ook niet goed gegaan – voor wie zou ik het doen – zodat de huid schilferig was.

'Klaar met de boeken?' vroeg ik terwijl ik mijn laars dichtritste.

'Ik rook koffie.'

We zaten zwijgend tegenover elkaar.

'Wat ga je met mijn kamer doen?'

Ik trok een wenkbrauw op en zweeg.

'Oké, díe kamer, de lege kamer, jouw kamer.'

Ik haalde mijn schouders op.

Hij zette de lege koffiebeker op tafel en stond op. 'Ik ga nog even verder.'

Ik hoorde hem boven mijn hoofd rommelen. Gestommel, een boek dat viel, zacht fluiten, een nagalmende nies zoals alleen mannen dat kunnen, al die geluiden waarvan ik nu pas besefte dat ik ze gemist had.

Ik deed de televisie weer aan, in de hoop dat de vrouw nog meer eye-openers voor me had, maar het programma was afgelopen.

Het huis-aan-huisblad gaf mij inderdaad de opdracht korte interviewtjes te maken met vrouwen die in de super hun boodschappen deden, of er net met een volle boodschappentas uit kwamen. Ik was blij dat ik het eindelijk weer een beetje druk ging krijgen. Van dagen thuis zitten knapte ik niet op, het gaf mij te veel tijd om te piekeren over Veer en hoe lang die zich nog zou kunnen inhouden.

Om beter te kunnen uitleggen waarom het ging bij de interviewtjes had ik een paar blaadjes met aanbiedingen meegenomen, waartussen mijn interviewtjes geplaatst zouden worden.

Eigenlijk let ik nooit op andere vrouwen als ik boodschappen doe. We zijn allemaal druk met iets waarin we geen zin hebben, met het vooruitzicht dat we thuis, als we moeten wegbergen wat we gekocht hebben, opnieuw bezig zullen zijn met iets waarin we geen zin hebben. Wat niet uitmaakt, omdat er daarna weer taken wachten waarin we evenmin of misschien zelfs nog minder zin hebben.

Als je het goed bekijkt is het leven van huisvrouwen zo lollig niet. Het zijn hun mannen die hun dat proberen aan te praten als ze na een dag survival of the fittest thuiskomen en jaloers denken dat hun vrouw de hele dag op haar kont heeft gezeten.

Welke man heeft oog voor een fris gelapt venster, een opgeruimde slaapkamer met schoon beddengoed, een gevulde koelkast en geschilde aardappels in de pan? Om maar niet te spreken van de energie die het kost om een paar kids uit elkaars haren te houden. Wie gelooft in aangeboren sociaal gedrag moet maar eens een middagje bij een zandbak gaan kijken hoe onze kleine lievelingen elkaar de hersens inslaan met hun schepje omdat ze het gele emmertje willen hebben en nee, niet het roze, het paarse, het blauwe, het groene maar dat géle dat net toevallig in het bezit van een ander kind is, terwijl al die andere rotemmertjes onbeheerd in het zand liggen!

Met andere woorden, ik moest vrouwen gaan aanspreken die met hun werkdag bezig waren: het onderhoud van huis en hof, en het africhten van ongeleide projectielen die na negen maanden buik gelanceerd waren en die ze soms van ganser harte terug zouden willen stoppen als dat technisch mogelijk was geweest.

Ik had overwogen met een karretje de winkel in te gaan, omdat het misschien meer vertrouwen zou wekken als een medeshopper vragen ging stellen, maar ik liet de gedachte varen.

Ik was hier met een serieuze opdracht, namelijk het

interviewen van vrouwen, en mensen met een serieuze opdracht duwen geen karretje voort waarin zich drie rollen beschuit en een superaanbieding pleepapier bevinden.

Dus slenterde ik langs de schappen, een stapel blaadjes van de super in mijn ene hand en een notitieboekje met een zwart elastiek waarachter mijn ballpoint klem zat in de andere.

'Mevrouw, mag ik u iets vragen?'

'Ik ben al lid,' zei ze en schoof haar kar zo dicht langs mij dat ik opzij moest springen.

'Mevrouw?'

'Diepvriesaardbeien, ik kan ze nergens vinden...'

Ik wees haar de plek en liep hoopvol met haar mee.

'Hebt u misschien tijd voor een kort interviewtje?'

'Doe me een lol zeg, over zeven minuten moet ik bij de school zijn.'

Toen werd ik zelf aangesproken.

'Wilt u iets weten?'

Ze was niet het type dat ik uitgekozen zou hebben, uitgezakt en slonzig, maar ze had aardige ogen en dankbaar zei ik dat ik haar inderdaad een paar vragen wilde stellen. Ze keek me vol afwachting aan, terwijl ik worstelde om de stompzinnigste aller vragen over mijn lippen te krijgen, namelijk waarom ze hier was.

Uiteindelijk heb ik de tekstjes achter mijn bureau bedacht: dat de supermarkt toch een moment voor jezelf is, dat vond de redactie fijn om te horen en de opdrachtgever zou er ook wel blij mee zijn, dachten ze.

'Wegdromen in je eigen wereld' had ik ook nog even op mijn scherm staan, maar dat had ik gewist, want ik had op mijn kuiten nog steeds de blauwe plekken van het geweld waarmee ongeduldige vrouwen hun kar tegen mijn benen geramd hadden.

In beweging blijven was van levensbelang, had ik al snel geleerd, vooral niet te lang stilstaan want wegdromen kan het begin zijn van een verschrikkelijke dood door beknelling tussen winkelwagentjes.

Dat er een foto bij de interviewtjes moest, bedacht de redactie pas drie afleveringen later, waardoor mijn opdracht weer moeilijker werd want nu viel er niets meer te verzinnen.

Als ik het goed aanpakte, wilden veel vrouwen best praten, merkte ik. Alleen wilden ze het hebben over onderwerpen waarmee ik niets kon. Geldzorgen, een slecht huwelijk, onmogelijke kinderen, jeugddromen die niet waren uitgekomen. Eén vrouw had het na drie minuten al over incest, haar vriendin legde demonstratief haar hand op de lege plek waar haar linkerborst had gezeten en begon over chemokuren en uitvallend haar.

Ik belde de redactie en zei dat ik materiaal had voor een prachtige serie, maar niet voor het blad van de supermarkt.

Ik moest maar een paar voorbeelden opsturen, dan zouden ze wel zien wat ze ermee konden.

Een paar dagen later meldden ze dat de super het bij nader inzien niet nodig vond dat er interviewtjes in het blaadje stonden. Een aanbieding rookworst scoorde hoger was uit lezersonderzoek gebleken.

'En die andere serie?' vroeg ik hoopvol.

'Serie? O ja, je hoort nog van ons.'

Het was jammer van de gemiste inkomsten, maar het luchtte enorm op om niet meer als een bedelaar, hunkerend naar een paar bruikbare woorden, bij de uitgang van een buurtsuper te hoeven staan.

14

Ik was zo slaapdronken toen ik de telefoon oppak-te, dat het even duurde voordat ik haar stem herken-de.

'Ik voel me zo rot!'

'We voelen ons allemaal rot, Veer.'

Op het wekkertje naast mijn bed zag ik dat het half-vijf was. Het moment van de nacht waaraan ik het meest een hekel heb.

Mensen die op sterven liggen gaan vaak om deze tijd dood. Men is kennelijk tot veel bereid om aan iets lulligs te ontkomen.

'Hoe moet het nou verder met ons?'

'Ik begrijp niet wat je bedoelt, Veer. Het is toch al-lemaal in orde. Ik bedoel, leuk is het niet en fraai ook niet, maar we zijn geen moordenaars.'

Ze was even stil.

'Bedoel je dat we gewoon moeten doorleven alsof er niets is gebeurd? Dat kan ik niet, Tess, dat houd ik niet vol. Ik stik van het schuldgevoel. En ik vind dat Carolien er recht op heeft om te weten wat er gebeurd is.'

'Besef je de gevolgen als je het aan haar vertelt?'

'Ja. Maar ik besef ook wat er gebeurt als ik het niet vertel. Met mij in elk geval. Ik trek het gewoon niet langer.' Ze begon hysterisch te snikken.

Ik zat rechtop in mijn bed.

'Veer, beloof me één ding en doe niets voordat we hier uitgebreid over gepraat hebben. Het gaat niet alleen om jou, weet je. Als jij praat, sleep je Noor en mij mee.'

'Dat zei Noor zo-even ook al. Is dat echt het enige waaraan jullie kunnen denken?'

Mijn hart stond stil.

'Jezus Veer, heb je hier echt met Noor over gepraat?'

'Ze begreep het, zei ze. Maar zij wil ook dat we er eerst met z'n drieën over praten. Op dit moment zou het hoe dan ook te veel voor Carolien zijn om te verwerken, dat zei ze ook nog. Dat ik aan Caro moet denken en niet alleen aan mezelf. Ik moet aan iedereen denken, maar mij laten jullie stikken.'

Mijn keel voelde droog. 'Toch is het een goed advies, Veer. Laten we dat in elk geval afspreken. Laat Caro eerst maar eens een beetje bijkomen, voordat ze weer een schok te verwerken krijgt. Vergeet niet dat ze na jouw verhaal in één klap haar vriendinnen kwijt is. Dan is ze helemaal alleen.'

'God, wat kunnen jullie toch mooi in je eigen straatje praten...'

Ik hoorde de minachting in haar stem.

Voordat ik nog iets zeggen kon, legde ze neer.

Ik was klaarwakker, en dat kwam goed uit want nog

geen vijf minuten later belde Noor.

'Ze heeft jou ook gebeld?'

'Ja.'

'Dit mag natuurlijk niet gebeuren. Zijn we er goed vanaf gekomen, zal zij de boel alsnog verzieken voor ons.'

'Als ze dat echt wil, kan niemand haar tegenhouden.'

'Denk je?'

Er was iets in haar stem wat me niet beviel.

'Ja, dat denk ik. Tenzij jij een geniaal idee hebt.'

Ze was even stil.

'Morgenavond in De Maegd. Negen uur.'

Ze vroeg niet of het mij uitkwam, maar dat zou mij ook erg verbaasd hebben.

'Je ziet er shit uit, Tess.'

'Als je soms denkt dat die wallen onder je ogen jou flatteren...'

Ik trok mijn bodywarmer uit en legde 'm op de stoel naast me.

'Koffie verkeerd?'

Ik knikte en Noor gaf de bestelling door aan Bart.

Ik wist dat ik er belazerd uitzag, en dat al een behoorlijke tijd. Te weinig slaap, te veel zorgen en ook nog dat knagende gevoel in mijn maag om al die lege plekken in mijn huis.

Pas toen Pé zijn spullen had weggehaald, realiseerde ik mij dat ik tot op dat moment hoop had gehad. Nog pijnlijker was het om te constateren dat de verhuizing voor Pé niet meer betekende dan het afwerken van een lopende kwestie.

Hij had een vriend meegebracht die ik niet eerder had gezien, wat klopte want hij bleek de broer van zijn nieuwe vriendin te zijn.

'Frank, de broer van Alice,' zo stelde hij zichzelf voor.

Uit mijn ooghoek zag ik Pé zenuwachtig worden. Ik ging hem toch niet te kakken zetten waar zijn nieuwe zwager bij was?

'Hoe gaat het met haar?' vroeg ik hartelijk, alsof we het over mijn beste vriendin hadden.

'Druk natuurlijk, je kent dat wel, plaatsmaken voor Pé!'

Zijn royale lach veranderde in een nerveuze grijns toen hij merkte hoe Pé naar hem keek.

Zonder pauze te nemen droegen ze het ene meubelstuk na het andere mijn huis uit. Koffie hoefden ze niet, ik denk dat Pé er zo snel mogelijk vanaf wilde zijn. Het was aan zijn gezicht te zien dat hij hier duidelijk niet voor z'n lol bezig was, en dat maakte het nog een beetje dragelijk.

Toen ze bijna door hun knieën zakkend de oude leren clubfauteuil van Pé de kamer uit droegen, lijnde ik Woezel aan, en mij langs hen heen wringend liep ik de deur uit.

We sjokten een halfuur door straten waar ik normaal gesproken nooit kom. Bijna overal waren de gordijnen open, en ik keek ongegeneerd naar de gezelligheid van mensen die ik nooit zou kennen en die het niet de moeite waard vonden hun privacy door middel van een gordijn af te schermen.

Open haarden, schemerlampen, geschilderde kopieën van geschilderde schilderijen, lezende mensen, drinkende mensen, pratende mensen.

In niet één kijkdoos zag ik iemand alleen zitten, wat me niet verbaasde, want wie alleen is doet de gordijnen dicht, uit angst of om de gênante eenzaamheid voor de toevallige voorbijganger te verbergen.

Toen ik mijn straat weer in liep, was het busje verdwenen.

Ik had niet gemerkt dat Bart koffie voor me had neergezet, en dat Noor met een frons tussen haar wenkbrauwen naar me zat te kijken merkte ik pas toen ik toevallig in haar richting keek.

'Het is wel erg met je!'

Ik haalde mijn schouders op. 'Waar wilde je het over hebben, Noor?'

'Vera. Ze komt straks ook, maar ik wil eerst even iets met je doornemen.'

Ze boog zich naar mij over. Haar plan was simpel. Veer stond op springen, dat was duidelijk, en hoe meer we tegen haar in zouden praten, hoe meer ze zich in het idee zou vastbijten dat ze met de waarheid naar buiten moest komen. Dus moesten we doen wat ze niet van ons verwachtte, en dat was haar gelijk geven. Wie waren wij om haar tegen te houden te doen wat haar hart en haar geweten haar ingaven? Ook al zouden de gevolgen ook voor ons erg vervelend zijn, zij had het recht te doen wat ze vond dat er gedaan moest worden.

'En dat meen je echt, Noor?'

'Voorlopig wel,' zei ze.

Vera was op haar hoede.

Ze ging zo voorzichtig zitten dat het bijna lachwekkend was, haar ogen gleden van Noor naar mij met een uitdrukking van intens wantrouwen. Wijn wilde ze niet, voor het eerst sinds ik haar kende zag ik haar 's avonds thee drinken.

'Je weet waarover we met je willen praten, Veer,' zei Noor vriendelijk.

Veer keek zo mogelijk nog argwanender.

Hoe kon het ook anders, ze wist sinds kort dat Noor niet te vertrouwen was als het er echt op aankwam.

Wanneer was het ook alweer dat Veer en ik op dezelfde plek te horen kregen dat ze onze hulp nodig had, omdat ze Fred vaker wilde zien?

Pé woonde toen nog bij mij, en in grote lijnen was ik best tevreden over mijn leven.

En Vera was dat lieve naïeve blondje dat alles voor iedereen overhad en met wie je zo kon lachen.

Alleen Noor was toen al precies zoals nu, berekenend en o zo handig in het manipuleren van de mensen om haar heen. Zoals ze nu ook met Vera deed, die haar oren niet kon geloven toen Noor haar vertelde dat wij het helemaal met haar eens waren. En dat we geen vinger zouden uitsteken om haar tegen te houden als ze met haar verhaal naar de politie wilde gaan.

'Maar Veer, ik wil wel graag een paar afspraken met je maken hierover. In de eerste plaats vind ik dat je in elk geval moet wachten totdat het weer een beetje beter gaat met Carolien. Dat moet jij als vriendin kunnen opbrengen.'

Vera knikte afwachtend.

'En als je dan werkelijk met je verhaal naar buiten wilt komen, Veer, dan vind ik dat we dat met z'n drieen moeten doen. We zijn er tenslotte alle drie bij betrokken, en we laten jou niet alleen de kastanjes uit het vuur halen.'

Terwijl mijn mond openviel van verbazing, want dit gedeelte van het verhaal was volstrekt nieuw voor me, was Veer tot tranen geroerd.

Dit had ze nooit verwacht. Ze dacht dat ze helemaal alleen stond met haar schuldgevoel. Dat ze ons kwijt was, dat onze vriendschap nooit iets betekend had. Maar goddank, we zaten weer op dezelfde lijn. Natuurlijk zou ze een paar maanden wachten, waarom niet, als iemand een beetje rust verdiende was het die arme Caro wel, en daarna zou ze geen stap verzetten voordat ze met ons gesproken had, daar hoefden we ons geen zorgen over te maken. Maar gaan zou ze, daar konden we nu al op rekenen.

Het was het laatste restje opstandigheid, ik zag dat haar softheid aan de winnende hand was. Het paste niet bij haar om dwars te liggen, haar sterrenbeeld was Weegschaal. Harmonie en evenwicht, daar ging het in haar leven om. En die harmonie had Noor haar deze avond teruggegeven.

Ineens wilde ze toch maar liever wijn, ze schoof de thee opzij, die hoorde bij een andere stemming.

God, dat alles nu toch nog in orde kwam! Natuurlijk ging het een zware tijd worden, straks, als ze bij de politie haar geweten ontlast had, maar daar sleepten we elkaar wel doorheen.

Ze hief haar glas. 'Op onze vriendschap!'

Ze lachte, en Noor lachte ook. Als een kat die weet dat het deurtje van de kanariekooi niet dicht is.

'Don't worry,' zei Noor luchtig.

Ik had haar gebeld zodra ik, een beetje aangeschoten, thuis was. Woezel zat verongelijkt bij de deur, die had zich mijn thuiskomst anders voorgesteld, maar ik wilde eerst horen waar Noor nu eigenlijk mee bezig was.

'Ik heb een paar maanden respijt voor ons geregeld, dat is pure winst en daar mag je mij best dankbaar voor zijn. Bovendien hoeven we ons niet af te vragen wanneer de bom barst, want Veer komt het keurig aankondigen als het zover is.'

'En dan gaan wij gezellig met haar mee naar de politie.'

'De bedoeling is natuurlijk dat het er nooit van komt. Je zag hoe opgelucht ze was. Als ze een paar maanden redelijk ontspannen heeft geleefd, is de kans groot dat ze zelf geen trek meer heeft in een rel.'

'Daar zou ik maar niet te veel op rekenen, Noor.'

'Dat zien we dan wel weer. Weet je trouwens dat Carolien terug is? Veer belde zo-even. Ze geeft zater-

ken, om hapjes in de magnetron te zetten of in Veers gietijzeren steelpan op te warmen, en we moesten ons inhouden om niet al te luidruchtig te worden.

Het leek alsof de goede oude tijd was teruggekeerd waarin we vriendinnen waren en ons op zulke bijeenkomsten zorgeloos en vrolijk voelden.

Natuurlijk wist ik dat er niets wezenlijk was veranderd. Er ging nog steeds geen dag voorbij dat ik niet droomde van Fred, die mij bleef aankijken door zijn gesloten oogleden heen. Maar het gevoel dat er elk moment onheil over mij kon losbarsten, was sinds het gesprek met Veer een stuk minder urgent geworden. Ik kon niet anders zeggen dan dat Noor dat goed voor elkaar had gekregen.

Veer voelde zich serieus genomen, de druk was van de ketel, al merkte ik dat ze op een onopvallende manier zoveel mogelijk bij Carolien uit de buurt bleef.

Zelf voelde ik mij ook niet op m'n gemak toen ik haar vroeg of ze het zou redden, om na de tijd bij haar kinderen weer terug te zijn in het huis waarin alles aan Fred herinnerde.

'Het is moeilijk,' zei ze, 'maar het is wel het huis waarin we het samen goed hebben gehad.'

Het klonk als een besluit. Wat ze ook wist over het dubbelleven van Fred – en het was bijna niet mogelijk dat het haar ontgaan was dat hij niet bepaald een trouwe echtgenoot was geweest –, ze was duidelijk niet van plan dat verder nog een rol te laten spelen.

Hij was haar man en ze hadden het goed gehad samen, zo simpel zou het vanaf nu voor haar zijn.

Halverwege de avond stond ze op.

Ze had het heerlijk gevonden om ons allemaal weer te zien, maar nu was ze moe, ze was er niet meer aan gewend om het laat te maken.

Ze wuifde een kushand naar ons en wij deden hetzelfde naar haar, opgelucht dat we nu echt uit de band konden springen.

Vera bracht haar naar de deur.

Ze had een wollen outfit van een stoffige tint roze aan, een coltrui over een uitwaaierende rok, die haar geweldig stond, met prachtige suède laarzen eronder waarop een paar vetvlekken zaten van de dressing die van een bordje was gegleden.

Voor het eerst sinds die noodlottige dag in haar huis in Brabant maakte ze een ontspannen indruk.

Het werd laat.

Minka vertrok tegen halftwaalf omdat de babysit op tijd thuis moest zijn. Maar Noor en ik bleven hangen.

Veer had een ouwe cd van Sting opgezet, en onderuitgezakt op de bank, een glas binnen handbereik, luisterden we naar 'Shape of my heart', wat niet zo verstandig was omdat ik op slag huilerig werd van verlangen naar Pé.

'Is er niet wat vrolijkers?' vroeg ik, maar Noor leunde met haar hoofd tegen de rugleuning van de bank, haar ogen gesloten, en Veer keek me aan alsof ik niet goed bij m'n hoofd was, en wie weet had dat weeë gevoel in mijn maag meer met de wijn dan met Pé te maken.

Toen ik in de auto stapte, en tot de hoek van de straat de achterlichten van Noors Jag volgde, was het halftwee.

Natuurlijk had ik beter een taxi kunnen bellen, maar Veer woonde redelijk dichtbij, niet meer dan een kwartier rijden, en ik waagde het erop. De laatste uren had ik trouwens weinig meer gedronken, ik had geen idee van promilles maar volgens mij zat ik wel goed.

Ik parkeerde de auto voor mijn deur, en tastte zonder te kijken naar mijn schoudertas, die ik altijd op de stoel naast me legde.

Mijn hand voelde alleen maar leegte, en op hetzelfde moment wist ik dat mijn tas in Veers zitkamer op de grond lag, naast de eerste stoel waarop ik had gezeten. Ik had niet gemerkt dat ik zonder tas vertrok, omdat mijn autosleutels altijd in mijn jaszak zaten, terwijl ik de sleutels van de voordeur in mijn tas stopte als ik had afgesloten.

Ik vloekte zacht, startte de motor en reed voor de tweede keer die dag naar het huis van Vera.

Tussen de slordig gesloten gordijnen van de voorkamer was nog licht te zien, evenals in de gang, wat me niet verbaasde want zo lang was ik nog niet weg. Hoewel Vera een type was dat na een feestje geen glas meer naar de keuken bracht, haar bed in dook en de volgende ochtend wel zag welke toestand ze beneden aantrof.

Ik stapte de donkere tuin in en drukte op de bel.

De straatlantarens waren allang op de nachtstand

geschakeld, wat betekende dat er om en om eentje in duisternis was gehuld.

Terwijl de buren verderop een gratis plens licht in hun voortuin kregen, was die van Vera aardedonker.

Ik drukte opnieuw op de bel. Wat kon Veer uitvoeren dat ze niets hoorde? In gedachten zag ik haar met haar hoofd boven de plee hangen. Ik had er niet op gelet, maar af en toe dronk ze meer dan ze eigenlijk kon verdragen.

Het was een gure nacht en ik begon het koud te krijgen. Toen ik om vijf uur naar Veer ging, had ik een bodywarmer aangetrokken, prima voor de afstand tussen auto en voordeur, maar nu ik langer buiten was volstrekt onvoldoende.

Ik begon er de pest in te krijgen.

Thuis wachtte Woezel, waar ik ook nog de nacht mee in moest.

Het moment dat ik mijn bed in kon stappen leek steeds verder verwijderd.

Toen het wachten mij te lang ging duren, besloot ik op onderzoek uit te gaan. Ik schuifelde zo voorzichtig mogelijk door de donkere tuin naar de zijkant van het huis. Het was harder gaan waaien, boven mijn hoofd maakten de tegen elkaar schurende takken van de kale beuken een naargeestig geluid. Mijn voeten raakten dor blad, een nachtdiertje schoot ritselend weg, mijn rok raakte gevangen in de takken van een ongesnoeide roos en toen ik mijzelf zacht vloekend bevrijd had, zakte ik weg in een bergje aarde dat waarschijnlijk een molshoop was.

Van de wolken die met een enorme vaart boven mijn hoofd voorbij joegen, vaag verlicht door een streepje maan, werd ik ook niet vrolijker.

Mijn grootste bezwaar tegen nacht is de duisternis, daar heb ik mijn hele leven al moeite mee gehad. Ik zie de dingen om me heen graag, en ik begrijp werkelijk niet waarom het nodig is dat je de helft van je leven in het donker of met kunstmatig licht moet doorbrengen, hoe logisch de verhalen over een draaiende aarde ook klinken.

Dat ik nu zeker al vijf minuten onderweg was naar de keukendeur, kwam alleen doordat het zo verdomde donker was. Maar nu was ik er dan toch bijna.

Het licht in de keuken was nog aan, en vormde een rechthoekige plek op het gras voor het zijraam.

Ik sloeg de hoek naar de achterkant van het huis om en bleef staan.

De keukendeur stond halfopen en bewoog langzaam in de wind.

Ineens klonken de geluiden van de nacht een stuk luider dan een paar minuten eerder, maar nog luider was de stilte die uit Veers huis kwam. Geen muziek, geen voetstappen, niets wat erop wees dat iemand bezig was met wat dan ook.

Ik kwam in beweging, ik moest wel, en langzaam en op mijn hoede voor een dreiging die ik niet kon benoemen maar die ik overal om me heen voelde, liep ik naar de keukendeur.

Natuurlijk was ik bang, voor de nacht, de duisternis en vooral voor het gevoel van onheil, maar ik hield mezelf voor dat ik er over een paar minuten met Veer om zou lachen.

'Ik schrok me rot toen ik die deur open zag staan!'

'Ja stom, maar ik was bezig de volle flessen terug te zetten in de kelder.'

Ik duwde de keukendeur iets verder open en het duurde even voordat mijn hersenen registreerden wat mijn ogen zagen.

Ze lag voorover, haar armen een beetje van haar lichaam, haar hoofd dwars, haar kin raakte haar schouder, blonde haren warrig om haar hoofd.

Dus toch te veel drank! dacht ik hoopvol terwijl ik in één beweging op mijn hurken naast haar zat.

Ik nam haar gezicht tussen mijn handen, duwde de col van haar roze trui waarin haar mond verborgen was opzij, legde mijn hand op de zachte wol boven haar hart. Stom, dat kon je op die manier natuurlijk niet met je hand voelen, niet haar hart, wel dat van mijzelf dat bijna mijn keel uit bonkte.

'Veer, o jezus Veer.'

Ze reageerde niet, haar ogen waren halfopen, tussen haar lippen zag ik het roze van haar tong.

Ik kwam overeind, stapte over haar heen en hield een theedoek onder de kraan. Ik kneep 'm uit en knielde naast haar neer.

Voorzichtig maakte ik haar voorhoofd nat. Nu zou ze moeten reageren. Haar ogen opendoen en glimlachen.

'Goh, ben ik echt flauwgevallen?'

Maar er veranderde niets in haar gezicht, en de paniek sloeg toe. Ik moest iemand bellen, een dokter, een ambulance, het maakte niet uit. Ze was bewusteloos, als er maar eenmaal iemand was die er verstand van had, zou alles goed komen.

Eigenlijk kon ik haar niet zomaar laten liggen, het voelde als in de steek laten, en toch moest ik naar binnen om mijn mobiel te pakken.

Naast haar hoofd gleed mijn voet uit op iets glibberigs.

Veers bloed op de keukenvloer. Ze had haar hoofd gestoten toen ze viel, dat moest het zijn, ik zag nu ook de plek waar haar blonde haren tegen elkaar plakten.

Mijn handen trilden zo dat ik nauwelijks een nummer kon intoetsen. Iets met enen en een twee, of was het omgekeerd.

De eerste keer ging het fout, de tweede keer vroeg een zakelijke vrouwenstem wie ik was, waarom ik belde, wat het adres was.

Ik gaf alle antwoorden en ging toen terug naar de keuken, naar Veer, die nog net zo lag als ik haar had achtergelaten.

En hoe bizar het ook klinkt, ik voelde niets, terwijl ik gehurkt naast haar zat en haar kleine koele hand vasthield terwijl ik op de politie wachtte.

Ze waren niet blij met me, zoveel was wel duidelijk.

Een vrouw in uniform, die Marga heette, bleef bij me in de zitkamer en verontschuldigde zich omdat ze geen koffie kon zetten, nu de keuken verboden terrein was voor wie er niets te maken had. Ik ving door de halfopen deur naar de gang af en toe een paar woorden op. Het kon niet anders of ik was het die de plaats delict volstrekt naar de kloten had geholpen.

Ik zat met mijn hoofd gebogen, mijn handen tussen mijn knieën, te midden van de onvoorstelbare troep waarin elk feestje scheen te moeten eindigen.

Zonder dat iemand het verteld had, wist ik dat Veer niet was flauwgevallen, dat er geen enkele manier van vallen is waarbij je op die plek je hoofd stoot.

De keuken waarin ik vanmiddag nog met flessen wijn had rondgelopen en hapjes had opgewarmd, was ineens de plek van een misdrijf geworden, met als middelpunt Veer, in haar eigen huis omringd door mensen die ze nooit had ontmoet.

Ik dacht aan Fred, die vreemd genoeg zijn leven ook in een keuken had geëindigd. Alleen waren er toen geen vreemden om hem heen, al veranderde dat niets aan het feit dat hij dood was.

Het verzoek om mee te gaan naar het bureau om een verklaring af te leggen, klonk vriendelijk genoeg. Serge Donkersloot heette de rechercheur die de auto waarin ik op de achterbank zat door Den Haag reed. Af en toe ontmoetten mijn ogen die van hem in de achteruitkijkspiegel, maar meestal keek ik naar buiten. Ik kende iedere straat waar we doorheen kwamen, ik kon dit stukje Den Haag dromen, maar nu kwam alles waar ik naar keek over als een schilderij van Willink, herkenbaar en onwerkelijk tegelijk.

Op weg naar de voordeur had ik in een flits Vera zien liggen, twee in witte pakken gestoken mannen op hun hurken naast haar. Een vrouw in net zo'n wit pak ving mijn blik op en duwde de keukendeur met haar elleboog dicht.

Donkersloot vroeg hoe het met me ging en ik haalde mijn schouders op. Ik was het stadium voorbij dat ik wist hoe ik me voelde.

Waarschijnlijk was hij eraan gewend 's nachts te werken, hij maakte in elk geval een redelijk montere indruk.

Voordat hij tegenover mij aan een met papier overladen tafel in zijn kamer ging zitten, haalde hij koffie, waarvan de geur mij op slag misselijk maakte.

Hij zou het kort houden, zei hij. Maar er waren een paar dingen die hij graag nu al wilde weten.

Ik vertelde hem hoe ik Veer had gevonden, dat ik niet veel meer dan een halfuur tevoren bij haar was weggegaan, tegelijk met mijn vriendin Noor, en dat Vera alleen achterbleef.

Ik had niemand zien wegrijden of -lopen toen ik terugkwam om mijn tas te halen. En ja, er was inderdaad een feestje geweest die avond, de stemming was goed, maar hoe kon het ook anders, we konden al jaren prima met elkaar opschieten.

Ik gaf hem de namen en adressen van Noor, Minka en Carolien en pas toen hij me wat vreemd aankeek, merkte ik dat ik bezig was met het adres van Veer.

'Ik ben zo moe,' zei ik.

'Als u morgen bent uitgerust wil ik graag wat langer met u praten,' zei hij.

Twee agenten brachten me in een surveillancewagen naar huis. Ze wachtten totdat ik de voordeur open had gemaakt, wat een tijd duurde door mijn trillende handen.

Nog voordat ze de straat uit waren stond ik met Woezel buiten, met het gevoel dat mijn benen het elk moment konden begeven. Ik liep vlak voor de huisdeur met hem heen en weer, zwetend van angst en vermoeidheid. Aan het armoedige grauwe licht zag ik dat het bijna ochtend was.

Toen ik de voordeur op het nachtslot had gedaan, was ik zo uitgeteld dat ik niet meer de energie had de trap op te lopen. Ik zette de verwarming hoog en ging opgerold op de bank liggen.

Vier uur later werd ik wakker. Het was zo warm in de kamer dat mijn gezicht klam was van het zweet. Ik ontdekte dat ik niet eens mijn schoenen had uitgedaan toen ik op de bank kroop. Mijn haar plakte, mijn lijf voelde vies en kleverig.

Onder de douche realiseerde ik mij dat ik de anderen moest bellen voordat ze benaderd werden door de politie voor een afspraak op het bureau.

In mijn badjas, een handdoek om mijn natte haren geknoopt, belde ik op de rand van mijn bed eerst Minka.

Ik was nog niet uitgesproken of ze huilde al, met gierende uithalen. Het soort huilen waaraan ik mij graag zou overgeven, alleen kreeg ik die betonnen prop verdriet niet los.

'Hoe kan dat nou, Tess. Wie doet nou zoiets,' zei ze toen ze wat gekalmeerd was.

'Dat gaat de politie uitzoeken. Ze willen ook met jou praten.'

'Met mij...? Wat weet ik er nou van?'

'Ze willen informatie. Ze praten met iedereen die Veer heeft gekend. Je zult wel gebeld worden.'

'O god...!' ze begon weer te huilen. 'Ik vind het zo erg voor Pat. Weet ze het al?'

Met een schok realiseerde ik mij dat ik Patricia totaal vergeten was. Ergens in een oude agenda moest ik haar telefoonnummer in Brussel hebben. Natuurlijk had ik haar de afgelopen jaren ontmoet, maar altijd bij Veer, er was nooit reden geweest haar adres bij de hand te hebben.

Het kostte me zeker een uur om het te vinden, en toen ik belde kreeg ik een mannenstem aan de telefoon. Hij praatte Vlaams, normaal gesproken kende ik geen taal die zo sexy was, maar er was niets sexy aan de manier waarop hij vertelde dat ik te laat was en dat Patricia inmiddels de rijkswacht aan de deur had gekregen, op verzoek van de Nederlandse politie, en nu volledig ingestort in bed lag.

Morgen zou hij haar naar Nederland brengen, er moesten veel dingen geregeld worden en bovendien wilde de recherche haar zo snel mogelijk spreken.

Aan de manier waarop hij tegen me praatte merkte ik dat hij het geen stijl vond dat Patricia het nieuws op deze manier te horen had gekregen, en gelijk had hij. Het enige wat ik voor Veer had kunnen doen en moeten doen had ik laten sloffen.

Ik probeerde mij voor te stellen hoe het gegaan was, de rijkswacht aan je deur, de mededeling van een volstrekt vreemde dat je moeder dood is. Zouden ze meteen verteld hebben dat ze vermoord was of lieten ze dat aan hun Nederlandse collega's over?

Het duurde even voordat Carolien opnam.

'Caro, er is iets ergs gebeurd!'

'Erg?' Ik hoorde aan haar stem dat ze mijn mededeling met een korrel zout nam. Het ergste wat er kon gebeuren was haar overkomen, wat kon er verder nog voor ergs zijn.

'Veer is dood, Caro.'

Ze was zo stil dat ik na een poosje haar naam noemde en vroeg of ze er nog was.

'Hoe kan dat nou,' zei ze toen.

Ik vertelde in het kort wat er was gebeurd, en dat ik het was die Veer had gevonden.

'Ze had nooit ruzie. Met niemand.'

'Daarom denk ik zelf dat het iemand van buitenaf is geweest. Iemand die het huis is binnengekomen en door haar is gesnapt.'

'Tess, dit komt heel hard aan, begrijp je, ik moet het verwerken, ik bel je later wel.'

Ze legde neer voordat ik nog iets kon zeggen.

Het verveelde 'Ja?' waarmee Noor altijd opnam, viel verkeerd bij me, en meteen had ik geen zin meer in omtrekkende bewegingen. Noor kon het recht voor haar raap krijgen, zo fijngevoelig was ze zelf ook niet.

'Veer is dood.'

'Kijk eens aan.'

Het drong tot me door dat ze het niet geloofde.

'Afgelopen nacht. Ik heb haar gevonden.'

'Je bent tegelijk met mij weggegaan. Wat is dit voor een flauwe grap?'

'Ik moest terug om mijn tas met mijn sleutel te halen. Ik vond haar in de keuken.'

'Tess, doe me een lol...!'

'Niemand begrijpt het. De politie is het aan het uitzoeken. Ze gaan met iedereen praten die met Veer te maken heeft gehad.'

'Ik kan het niet geloven.'

'In elk geval weet je het nu, Noor.'

Nadat ik met Woezel door het park had gelopen, kroop ik weer in bed.

Ik voelde me nauwelijks beter dan toen ik de afgelopen nacht door de surveillancewagen voor de deur was afgezet. Nog steeds had ik een hoofd vol watten, op zich niet onaangenaam omdat het voorkwam dat het beeld van Veer op mijn netvlies verscheen. Maar het was alleen maar uitstel. Ik wist dat ik mij binnenkort alles wat er gebeurd was, vanaf het moment dat ik bij Veer aanbelde om mijn tas te halen, van seconde tot seconde voor de geest zou moeten halen. Niet al-

193

leen omdat Donkersloot het van me verwachtte, maar omdat ik, om ooit nog rust te vinden, moest proberen een vorm van logica te vinden in het ongerijmde.

16

'Waar is ze nu?' vroeg ik aan Donkersloot.

We zaten deze keer in een verhoorkamer, niet ver van de balie waar ik, terwijl ik op hem zat te wachten, alleen maar geklaag had gehoord. Het is ongelofelijk wat mensen allemaal verliezen. Paspoorten, identiteitsbewijzen, portemonnees, paraplu's, brillen, honden en katten. En wat ze niet kwijtraken wordt ze afgepikt, wat weer een andere categorie klagers oplevert: de groep verongelijkten, die toch hun belasting niet betalen om op klaarlichte dag in een drukke straat beroofd te worden.

Achter de balie waren een paar agentes met engelengeduld bezig al dat gezeik in goede banen te leiden, en het lukte ze over het algemeen nog ook.

Ik had er met belangstelling naar geluisterd, blij met alles wat me afleidde van de reden dat ik hier was.

Maar nu was er geen ontkomen meer aan.

Donkersloot had een collega meegebracht, zo te zien een vijftiger, type undercover, dic Vaandrager heette. Een man die er altijd ongeschoren uit zou zien omdat het donkere waas niet van z'n kaken wilde wijken.

Ze zaten tegenover mij, hun gezicht naar de deur, de koffie tussen ons in.

Vera was in het Nederlands Forensisch Instituut, zei Donkersloot, waar sectie werd gedaan.

Ik voelde het bloed uit mijn hoofd wegtrekken. Het werkte tegen mij dat ik pas een serie had gezien met een patholoog-anatoom in de hoofdrol. De naakte roerloze figuren op tafels van roestvrij staal. De weegschaal waarop organen werden gewogen. Het gepeuter en gewriemel in een opengesneden lichaam. Al die details waar ik tamelijk onbewogen naar had gekeken, omdat het figuranten betrof die na de opname overeind kwamen en koffie gingen drinken.

Maar bij Veer was het echt. Wie er ook na de sectie koffie ging drinken, zij niet.

'Waarom sectie?' vroeg ik, toen ik weer een beetje op adem was. 'Waarom moet je opengesneden worden als je een klap op je hoofd hebt gekregen?'

'Het is de procedure,' zei Vaandrager, en liet het daarbij.

Het was duidelijk dat ze geen zin hadden er verder op in te gaan.

Hij schonk koffie uit een thermoskan waaruit een klagelijk geluidje kwam omdat het deksel niet goed was vastgedraaid.

'Hoe lang kennen jullie elkaar al?' vroeg Donkersloot.

Ik vertelde dat Noor, Vera en ik elkaar van de middelbare school kennen. Dat Minka er een jaar of tien geleden bij was gekomen, en Carolien een paar jaar later, geïntroduceerd door Veer, die haar bij het squashen ontmoet had.

'Jullie zagen elkaar altijd in De Maegd, kwamen jullie nooit bij elkaar thuis?'

'Weinig. Alleen op verjaardagen. Maar dan was degene die ontving de klos. Boodschappen doen, hapjes bestellen, flessen openmaken, de vaat... dit is makkelijker en daardoor leuker.'

'Een vriendschap tussen vijf vrouwen,' filosofeerde Vaandrager, 'dat kan toch niet altijd maar goed gaan. Je zou denken dat er zo nu en dan ruzietjes zijn.'

Ik haalde mijn schouders op. 'Natuurlijk. Dan sloegen we elkaar gewoon de hersens in, dat luchtte op.'

Hij glimlachte beleefd.

'Ja, er was wel eens iets. Noor is erg dominant. Daar kunnen we niet altijd tegen, het komt niet in haar op dat je iets anders zou willen dan zij. Irritant, maar niet echt belangrijk, om dat soort dingen ging het altijd.'

'En Vera, kon die daar tegen?'

Ik dacht aan Veer, zoals ze altijd De Maegd binnenstapte en terwijl ze naar ons tafeltje liep haar jas uittrok en die nonchalant over de grond liet slepen. Veer die eigenlijk alles best vond, als het maar gezellig was.

Ik probeerde te vertellen hoe ze was, maar het lukte niet erg. De beelden van haar zoals ik haar de laatste keer zag, drongen zich tussen mij en mijn woorden.

'Is het niet vreemd, voor zo'n aardige vrouw, dat ze zich zo weinig met haar dochter bezighield?'

Hij had niet stilgezeten, dat was duidelijk.

'Hoe kun je van een meisje van zeventien verwachten dat ze moedert? Ze was zelf nog een kind toen ze Patricia kreeg. Later hebben ze een heel goede relatie gekregen, Veer was dol op Pat, ze zat vaak in Brussel, ze was er zo trots op dat Pat goed kon leren en een tolkenopleiding volgde.'

'En mannen in haar leven? Aantrekkelijk, aardig, rijk... bij zo'n rijtje hoort toch eigenlijk een vriendje.'

Ik aarzelde. Het was mij ook nooit helemaal duidelijk geworden waarom Veer geen vriendjes had. Misschien dat er in Brussel iemand was, maar als dat zo was had ze daar in elk geval nooit over gepraat. Een paar rotervaringen, lang geleden, dat wist ik wel. Er zijn vrouwen voor wie dat voldoende reden was nooit meer aan een man te beginnen.

Ik zei dat ik het werkelijk niet wist, maar hij liet het onderwerp niet rusten.

'Als je zo lang met elkaar bevriend bent, heb je toch geen geheimen meer voor elkaar?'

'Hoe kan ik nou weten of iemand een geheim heeft? Als ik het weet is het geen geheim meer. Ik denk dat we allemaal iets voor onszelf houden, dat doe je altijd, ook in een relatie, dus waarom niet met vriendinnen.'

'En mensen buiten de vriendinnenkring. Mensen die voor haar werkten, leveranciers, de tuinman, buren, heeft ze nooit verteld dat ze daar problemen mee had?'

Ik schudde mijn hoofd.

'Ze gedroeg zich ook niet anders, de laatste tijd?'

Ik dacht aan ons laatste gesprek in De Maegd. Haar vastbeslotenheid om naar de politie te gaan met het verhaal over Fred. Haar schuldgevoel ten opzichte van Carolien.

Ik zag aan de gezichten tegenover mij dat ik te lang had gewacht met antwoord geven.

'De jongen die in De Maegd bedient had het gevoel dat er de laatste tijd iets aan de hand was. Een beetje ruzieachtig soms. Waarover ging dat...?'

'Het moet iets onbelangrijks geweest zijn,' zei ik, 'anders zou ik het mij vast wel herinneren.'

Ze knikten, ze glimlachten, maar ik was de fout in gegaan en dat wisten we alle drie.

Veers werkster en twee vriendinnen hadden het huis schoongemaakt terwijl Patricia bij een vriendin logeerde. Samen met haar vriend was ze even binnen geweest om alles te controleren, wist Noor, die telefonisch contact met haar had gehad.

Er was niets gestolen, al het antiek was er nog, Veers sieraden lagen slordig door elkaar heen gegooid in een doos in de linnenkast. Veer ten voeten uit, er zaten erfstukken bij die een vermogen zouden opbrengen. Wat ook het motief voor de moord was, in elk geval niet roof.

Veers lichaam was inmiddels vrijgegeven. Ze zou begraven worden op het kerkhof waar we kort geleden om het graf van Fred stonden.

We hoefden niets te doen, had Pat laten weten, ze regelde het allemaal zelf.

Ik kon altijd goed met haar opschieten, maar het was duidelijk dat de genegenheid van haar kant voorbij was. In haar ogen had ik haar laten vallen, maar misschien vond ze dat wel van ons allemaal. We hadden tenslotte niet voorkomen dat iemand de hersens van haar moeder insloeg.

Maar misschien interesseerden wij haar hoe dan ook niet meer nu haar moeder, die de enige verbinding tussen ons vormde, er niet meer was.

Pé belde op om te zeggen hoe erg hij het vond wat er gebeurd was. Hij had erover in de krant gelezen, een sappig verhaal over een mooie blonde vrouw die na een feestje in haar eigen keuken vermoord was.

Het werd niet uitgesproken maar het artikel suggereerde van alles over het decadente leven van alleenstaande vrouwen: geld, drugs, drank en mannen. Het is ongelofelijk wat je allemaal kunt schrijven terwijl je juridisch toch buiten schot blijft, als je het maar 'van horen zeggen' hebt en 'mensen uit de vriendenkring' hebt.

'Het is dat ik je ken,' zei Pé, 'anders zou ik een bizarre indruk van je krijgen.'

Het deed me goed zijn stem te horen, maar ik had liever gehad dat hij was langsgekomen.

Zijn nieuwe leven met Alice in Wonderland interesseerde me niet meer. Ik miste het maatje meer dan de lover. Ik rekte het gesprek totdat ik merkte dat hij ongeduldig werd. Hij stelde niet voor om langs te komen, dus slikte ik de uitnodiging in.

Zelden in mijn leven heb ik me zo van god en iedereen verlaten gevoeld. Behalve Pé was ik nu ook mijn vriendinnnen kwijt, of wat daarvan was overgebleven. Zonder dat er een woord over was gesproken, was er een einde gekomen aan onze donderdagse bijeenkomsten in De Maegd.

We belden elkaar zelfs niet meer, wat moesten we ook zeggen, ik dacht dat de anderen net zoals ik nog steeds verdoofd waren door de schok.

17

Alleen witte rozen. Niemand had erover gepraat, maar we hadden allemaal gedacht dat het de beste bloem en de beste kleur was om ons gevoel voor Veer mee uit te drukken.

Patricia kwam bijna breekbaar in haar smalle zwarte jas naast Rogier de aula in toen we allemaal op onze plaats zaten.

In een simpele kist, overladen met de rozen die we voor haar hadden meegebracht, lag Veer. In elkaar geslagen, uit elkaar gesneden en weer aan elkaar genaaid. De pop van een gestoord kind. Op de kist stond goddank een prachtige foto van haar, ze lachte naar de camera, haar ogen een beetje dichtgeknepen tegen de zon, haar blonde haar glanzend in de lichtval. Het was een goede fotograaf, iemand die van haar hield, die haar mooi wilde bewaren in zijn camera.

Patricia vertelde over Vera, soms leek het alsof ze het niet meer redde, maar ze zette door, een verhaal vol liefde van een dochter voor haar moeder. Verder sprak er niemand, het werd niet op prijs gesteld, stond er op de kaart.

Ik zat tussen Minka en Noor, Carolien was wat later

gekomen en zat een rij achter ons.

Toen ik opzij keek om te zien of er bekenden waren, ontmoetten mijn ogen die van Donkersloot.

Ik draaide me snel om, mijn hart bonkte in mijn keel.

Wat kon hij verwachten van deze bijeenkomst? Het zou wel weer bij de procedure horen. 'We mogen niet het risico lopen iets over het hoofd te zien.' Ik hoorde het hem zeggen.

We liepen zwijgend achter de kist naar het verse graf.

Er was nachtvorst geweest, over de hoop rulle aarde lag een wit waas. We hadden allemaal een witte roos in onze hand, om straks op het deksel boven Veers gekwetste lichaam te laten vallen.

Naast mij maakte Carolien een zacht geluid, ze zag eruit alsof ze op instorten stond en ik sloeg een arm om haar heen.

'Red je het, Caro?' Ze knikte, een zakdoek tegen haar mond.

Geen idee hadden we, maar hoe had dat ook gekund, dat Vera de volgende zou zijn achter wier kist wij tussen de graven zouden lopen, die middag dat Fred begraven werd en ze zo overstuur was dat ik haar naar huis moest brengen.

Donkersloot en Vaandrager waren ondertussen nog steeds met het onderzoek bezig. Ze hadden met iedereen gesproken die Veer kende, met mij deze middag voor de derde keer.

Of ze iets opgeschoten waren wist ik niet, hun vragen spitsten zich toe op de onderlinge relatie van de vriendinnen, met nadruk op de financiële kant ervan. Maar er was geen financiële kant aan onze relatie. Noor en Vera waren rijk, Minka had een man die redelijk verdiende, van Caro wist ik niets maar ik dacht niet dat er geldzorgen waren, en wat mijzelf betrof, ik kon wel wat geld gebruiken, maar daar was ik aan gewend en ik had nooit het gevoel dat mijn leven er diepgaand door beïnvloed werd. Freelancers waren gewend aan een ongewis bestaan, als het water aan je lippen stond kwam er altijd wel weer een opdracht binnen, ik kon er niet wakker van liggen.

'Dus er werd niet onderling geleend?'

'Ik zou niet weten waarom,' zei ik schouderophalend.

Nog voordat ik het politiebureau uit was, was het gesprek onderdeel geworden van de schemerwereld waarin ik sinds de dood van Veer rondwandelde.

Nooit eerder had ik mij zo futloos gevoeld. Ik deed het hoogstnoodzakelijke en bracht de rest van de dag door op de bank, te moe om iets te ondernemen, en te bang om naar bed te gaan.

Voordat ik in slaap kon vallen, kwam ik in een soort halfdroom terecht waarin Veer in gevaar was en ik haar niet kon helpen omdat ik mij niet bewegen kon. Ze ging de keuken binnen, waar iemand haar opwachtte die ik niet zien kon, maar die een dreiging vormde zo groot dat het mij de adem benam.

Ik wilde haar waarschuwen, maar kreeg geen geluid

uit mijn keel, rochelend en naar adem happend werd ik wakker op het moment dat zij in elkaar zakte en de keukendeur langzaam bewoog in de wind.

Het kwam door iets wat Vaandrager had gezegd, een vraag die hij stelde.

'Is er veel voor je veranderd door de dood van Vera?'

Ik had gezegd dat er heel veel veranderd was. Dat de vriendinnen elkaar niet meer zagen, dat wat mij betrof het verdriet en het gemis te overweldigend waren om op de oude voet door te kunnen leven.

Hij keek naar me alsof hij meer verwacht had. Dat deed hij vaker, terwijl ik zelden begreep wat hij dan wél had willen horen.

Maar deze nacht wist ik ineens wat er werkelijk veranderd was, ik wist het toen ik uit een van mijn angstdromen overeind schoot en met een bonkend hart naar de vertrouwde dingen om me heen keek, en ik begreep niet dat ik het mij niet eerder gerealiseerd had: door de dood van Vera hoefden Noor en ik ons geen zorgen meer te maken. Met Vera was de dreiging uit ons leven verdwenen.

Ik dacht aan ons laatste gesprek in De Maegd. Vera blij en opgelucht dat ze door ons begrepen werd. Ze lachte en hief haar glas. 'Op onze vriendschap!' zei ze.

Noor lachte ook. Als een kat die weet dat het deurtje van de kanariekooi niet dicht is.

De beslissing had ze toen al genomen. Ze had immers zelf een keer gezegd dat ze het niet zou toelaten dat iemand haar bestaan in gevaar bracht.

Ik hield mijn vinger op de bel gedrukt totdat ze opendeed.

Ze had kennelijk in haast een zijden kimono aangetrokken die nog openhing, een laag uitgesneden zwarte nachtjapon eronder. Haar ogen waren zwaar aangezet, wat een dramatisch effect gaf aan haar bleke gezicht.

Ze keek me aan en trok haar wenkbrauwen op.

'Weet je wel hoe laat het is,' zei ze.

Ik pakte haar schouders en smeet haar tegen de muur, haar achterhoofd maakte een dof geluid tegen het stucwerk. Met mijn voet trapte ik de deur achter me dicht.

'Als je denkt dat je hiermee wegkomt heb je het mis!'

Mijn gezicht was zo dicht bij het hare dat ik mijn druppeltjes spuug op haar wangen zag. Ik schudde haar heen en weer, haar achterhoofd smakte opnieuw tegen de muur.

'Godverdomme Noor!'

Ik had beter op mijn hoede moeten zijn. Noor was niet iemand die zich liet overrompelen. Ik voelde een vlijmende pijn tussen mijn benen toen haar knie mij raakte. Vrouwen die elkaar een knietje geven, het was nooit in mij opgekomen dat zoiets kon, maar het effect was overweldigend. Ik zakte door mijn knieën, mijn rug tegen de gangmuur.

Ze torende boven mij uit.

'Ben je helemaal besodemieterd! Je boft dat Charles er niet is, die had je meteen de deur uit geslagen.'

'Charles komt er toch wel achter,' zei ik, terwijl ik probeerde niet te opzichtig te laten merken dat ik verrekte van de pijn. 'Of dacht je dat je maar door kunt gaan met mensen vermoorden?'

Ze bukte zich en in één snelle beweging had ze mij bij mijn haren te pakken. Ze trok met een onverwachte kracht en ik kon niet anders dan meewerken om de pijn te beperken. Met mijn ellebogen schurend tegen de muur werkte ik mezelf omhoog, totdat ik met moeite rechtop stond in de riante entree van Charles' Haagse onderkomen.

Ik had nu op twee plaatsen behoorlijk pijn, terwijl ik nauwelijks een kwartier binnen was. Als het op deze schaal doorging konden ze me straks wegdragen. Maar ik mocht doodvallen als ik me daardoor liet afschrikken.

'Het eerste wat ik morgen doe is naar het bureau gaan. Veer had gelijk, we hadden ons nooit in die toestand met Fred moeten laten meeslepen. Ik ga ze precies vertellen hoe het zit, het zal me een rotzorg zijn wat er verder met mij gebeurt. In elk geval ben ik geen moordenaar zoals jij.'

'Zoals ik?' Ze lachte alsof het haar werkelijk amuseerde.

'Wie anders dan jij, Noor?'

Ze keek me onderzoekend aan en zag dat ze van mij geen gevaar meer te duchten had. Een kwartier geleden, toen ik bij haar aanbelde, had ik haar kunnen vermoorden. Hetzelfde doen als zij met Veer had gedaan. Haar achterlaten in een plas bloed op de vloer van haar eigen huis. Niet op straat, een parkeerterrein, een perron, een bos, plekken waar iedereen alles met je kan doen, waar een vreemde je kan slaan of steken of je keel dichtknijpen, maar in haar eigen huis, de enige plek op de wereld waar je veilig hoort te zijn.

God mocht weten waarom de lust om haar dood te maken, de drang om haar te vernietigen, ineens verdwenen was. Misschien omdat het uiteindelijk geen verschil zou maken.

Zelfs als ik haar keel zou dichtknijpen tot haar laatste restje adem verdwenen was, zou het Veer niet terugbrengen.

Ze draaide zich om en klikte op belachelijke muiltjes met stilettohakken de gang door naar de keuken.

Ik volgde met tegenzin. Keukens begonnen mij langzamerhand een oprechte afkeer in te boezemen, met Noor in de buurt was je daar je leven niet zeker.

Ze deed de koelkast open, pakte een fles witte wijn en daarna uit een kastje twee glazen.

'Waar ben je mee bezig, Noor, je denkt toch niet echt dat we nu gezellig samen gaan zitten drinken?'

Ze trok de fles open met een handigheid waarvan een barkeeper nog iets kon leren, en schonk wijn in de glazen, waarover meteen een waas van condens gleed.

Toen ze aan tafel ging zitten, liet ik mij met tegenzin op de stoel tegenover haar zakken, wat een nieuwe pijnscheut tussen mijn benen veroorzaakte.

Ze hief haar glas, haar kalme zelfverzekerdheid veroorzaakte een vaag gevoel van ongerustheid bij mij.

'Je verdient het niet, Tess, maar ik ben bereid om je te helpen.'

Terwijl ik sprakeloos naar haar keek, dronk ze achter elkaar haar glas leeg.

Ik raakte mijn wijn niet aan. Ik was niet gekomen om dronken te worden, bovendien had ik om die tijd van de nacht meer trek in een beker warme melk.

'Wat je ook denkt, ik heb het niet gedaan.' Ze schonk opnieuw haar glas vol.

'Jij bent de enige met een reden, Noor, de enige die er zoveel belang bij had dat Veer niet zou praten. Denk maar niet dat ik deze keer mijn mond houd.'

Ze zuchtte alsof ze met een niet al te slim kind aan tafel zat.

'Je denkt toch niet echt dat ze jou niet in de peiling hebben, Tess. Hoe vaak ben jij verhoord, twee keer, drie keer? Ik pas één keer, dat zegt toch wel iets, vind je niet? Maar het is slim bedacht, dat moet ik je nageven. Iemand vermoorden en dan zelf de politie bellen omdat je haar zogenaamd gevonden hebt. Chapeau.'

Ik hapte naar adem.

Ze boog zich naar me over. 'Je gelooft toch niet dat er iemand is die kan getuigen dat er een halfuur zat tussen het moment dat wij wegreden, en jij in je eentje terugkwam? Een halfuur waarin net toevallig iemand binnenwandelde om Veer te vermoorden. Ze moeten gewoon maar aannemen dat het waar is wat je zegt.

Maar waarom zouden ze je geloven, Tess?'

'Omdat het waar is.'

Mijn stem klonk schor, de plek op mijn hoofd waar Noor een handvol haar te grazen had genomen, klopte onbedaarlijk. Ik voelde eraan en was verbaasd dat er geen kale plek zat.

'Dus Tess, wat je ook gaat vertellen op het bureau, het zal altijd in jouw nadeel werken.'

Ik was te verbijsterd om kwaad te worden.

Een halfuur geleden was ik hier binnengestormd omdat ik zeker wist dat Noor het gedaan had, en nu zat ik als een beklaagde tegenover haar te luisteren naar een verhaal waar geen speld tussen te krijgen was, maar waar evengoed niets van klopte.

'Dat wordt jouw woord tegen het mijne, Noor.'

'Daar bof jij dan niet bij. Ik ben namelijk niet degene die terug is gekomen. Ik heb de politie niet gebeld. Ik heb niet zo gerotzooid in de keuken dat er geen bruikbaar spoor meer te vinden is. Niet echt slim, Tess, om zo overdreven de aandacht op jezelf te vestigen!'

Ik schudde mijn hoofd in de hoop dat het binnenin wat helderder zou worden.

Ze boog zich naar mij over, haar ogen lieten de mijne geen seconde los.

'Ik raad je aan, Tess, om een beetje uit te kijken. Anders gaan we er allebei aan, een tussenweg is er niet. Het is nauwelijks belangrijk of jij het hebt gedaan of ik, we zitten allebei in de shit als we niet oppassen.'

Ik heb mijn auto een eind van mijn huis geparkeerd.

Ik had behoefte aan beweging, aan koude lucht om in te ademen, aan wind door mijn haren.

Er reden lege taxi's voorbij, maar ik wilde met niemand iets te maken hebben, het laatste waaraan ik behoefte had was het gelul van een taxichauffeur.

Ergens in de buurt van mijn huis liep er ineens een man naast me. Hij mompelde gore teksten en greep me bij mijn arm toen ik niet reageerde.

Ik draaide me zo snel naar hem toe dat hij niet bedacht was op de stomp die ik hem midden in zijn gezicht gaf. Hij zakte bijna door zijn knieën. Ik bleef staan. Hij kon meer krijgen, ik was er klaar voor. Maar hij draaide zich om en liep haastig weg.

Thuis waste ik zijn bloed van mijn knokkels, ik bleef ze schrobben, lang nadat ook de laatste plekken verdwenen waren.

18

Natuurlijk merkten ze onmiddellijk dat ik mijn onbevangenheid kwijt was.

Voor de vierde keer zat ik in de kleine benauwde
verhoorkamer tegenover Vaandrager en Donkersloot,
en ik hoefde echt niet erg intelligent te zijn om te bedenken dat ze daar een goede reden voor hadden.

De vorige keren had ik dingen achtergehouden,
wat ze verdomd goed gemerkt hadden, maar het was
niet in mij opgekomen dat ik als een potentiële dader
gezien werd.

Deze keer zag ik mijzelf door hun ogen: een vrouw
die alle gelegenheid had gehad om Vera te vermoorden, maar wat in godsnaam kon het motief geweest
zijn?

Eigenlijk verwachtte ik dat ze met een stel hand-
boeien op de proppen zouden komen, maar het enige
wat ze mijn richting uit schoven was de koffie waarvan
ik zeker wist dat ze er op de lange duur het hele bureau mee zouden uitroeien.

'Ik heb het gevoel,' zei Vaandrager, 'dat er iets be-
langrijks is wat je achterhoudt. Het kan best zijn dat je
het niet vertelt omdat het voor jouw gevoel niets bete-

kent. Of omdat je bang bent dat je er iemand door belast. Vriendinnen zijn over het algemeen loyaal. Maar we hebben het hier wel over een moord.

Laten we daarom alles nog eens een keer doorlopen. Misschien dat het je te binnen schiet waarom die jongen uit De Maegd het idee had dat er iets aan de hand was aan jullie tafeltje.'

Het flitste door me heen dat ze mij telkens weer dezelfde dingen vroegen omdat ze niets tastbaars hadden wat tegen mij pleitte.

Het enige waarop ze mij konden pakken was iets waarmee ik zelf voor de dag kwam. Zij hadden niets anders dan de hoop dat ik mijzelf verspreken zou. Terwijl ik verdomme niets gedaan had. Nou ja, bijna niets.

Ze zagen er moe uit, een beetje frisse lucht zou hier wonderen doen.

'Het spijt me,' zei ik, 'maar ik denk echt dat Bart het verkeerd heeft ingeschat. Vrouwen praten wel eens meer een beetje opgewonden met elkaar.'

Ik had geen seconde het gevoel dat ze me geloofden, maar ze lieten het erbij.

Ik kwam bijna de deur niet meer uit, op de ommetjes met Woezel na.

Af en toe schoot mij te binnen dat ik eten moest, maar na drie happen schoof ik de rest in de afvalemmer.

IJsberend van de ene kamer naar de andere probeerde ik een manier te bedenken waarop Noor de straf kreeg die ze verdiende, terwijl ik zelf buiten schot bleef.

Want ik twijfelde er niet aan, als ik ook maar iets over haar vertelde aan Donkersloot en Vaandrager, zou zij een boekje over mij opendoen. Het verhaal Fred zou breed uitgesponnen worden, eerst bij hen, daarna in de media en ik hoefde niet veel moeite te doen om te bedenken hoe dat op de anderen zou overkomen.

Terwijl Caro en Patricia dachten dat ze het ergste hadden meegemaakt, kwam er nog een ongenadige klap aan.

Om maar te zwijgen over de indruk die het zou maken als bekend werd dat Vera, het slachtoffer van een laffe moord, lang niet zo onschuldig was als ze leek.

Vanaf dat punt was het nog maar één stap naar het belang van zowel Noor als mijzelf om Veer het zwijgen op te leggen.

Een moord, twee verdachten die naar elkaar wijzend ontkennen dat ze er ook maar iets mee te maken hebben, de intuïtie van twee ervaren en langzamerhand behoorlijk pissige rechercheurs en geen enkel bewijs.

Het moest gek lopen wilde daar een zaak van komen.

Maar het kwaad zou zijn geschied: wegens gebrek aan bewijs niet vervolgd worden is een stempel dat je je hele verdere leven met je mee draagt.

Toch moest er een mogelijkheid zijn dat Noor hier niet mee weg zou komen. Ik hield mijzelf voor dat het een kwestie was van nadenken.

Als ik dat maar lang en goed genoeg deed, kwam de oplossing vanzelf.

Maar diep in mijn hart wist ik dat het zinloos was, en dat al vanaf de avond dat ik tegenover haar in haar keuken zat, vaststond dat ze ook nu weer aan het langste eind zou trekken.

'We zijn er niet uitgekomen,' zei Vaandrager bij het volgende gesprek een paar dagen later. 'Niet dat we het onderzoek helemaal stoppen maar zolang er geen nieuwe aanwijzingen zijn, heeft het geen zin om er nog zo'n uitgebreid team op te zetten.'

Ik zat net te balen dat ik alweer moest komen opdraven, maar nu maakte mijn hart een overslag van opluchting. Beter bericht had ik in geen tijden gehoord.

'We leggen de zaak zogezegd op de plank,' vulde Donkersloot aan. 'Voor het grijpen, zal ik maar zeggen. Want er kan natuurlijk nog van alles gebeuren.'

'Zoals wat?' vroeg ik om beleefd te zijn, en dat was stom want het was precies de vraag waarop ze hoopten om te kunnen zeggen wat ze nog meer kwijt wilden.

'Nou kijk,' zei Donkersloot plezierig, terwijl hij ontspannen voorover leunde, 'er is natuurlijk toch een moord gepleegd, door iemand die we nog niet hebben kunnen vinden. Omdat we niet weten waarom jouw vriendin is vermoord, weten we ook niet of hij of zij het hierbij zal laten. Wat we natuurlijk wel hopen voor alle betrokkenen.'

'Hoewel het nieuwe kansen zou bieden als hij of zij het hier niet bij zou laten,' vulde Vaandrager aan.

Er viel een stilte.

De gedachte drong zich aan mij op dat ze dit soort scènes instudeerden. Compleet met een regisseur. 'Nee jongens, die pauze moet langer, laat het maar goed tot iemand doordringen wat jullie gezegd hebben. En dan kom jij weer, Vaandrager, terwijl ze verwachten dat het nu Donkersloot is die wat gaat zeggen. Jullie praten meestal om en om, maar dan ineens het verwachtingspatroon doorbreken. Onzekerheid zaaien, that's the game.'

'Wat ik je zou aanraden,' zei Vaandrager, 'is om toch een beetje alert te zijn de komende tijd. Wij zouden het echt erg vervelend vinden als er iets mis zou gaan. Als je iets of iemand niet vertrouwt, of er is iets wat je ons bij nader inzien toch liever wel wilt vertellen, misschien in het belang van je eigen veiligheid... aarzel niet, je weet ons te vinden.'

Ze stonden op.

Donkersloot begeleidde me naar de uitgang, zoals een van beiden altijd deed, om er zeker van te zijn dat ik niet bleef rondhangen in hun charmante locatie.

'Tot ziens,' zei hij.

De eerste tijd na dat laatste gesprek liep ik rond met een vaag gevoel van angst.

De niet zo subtiele dreiging in de famous last words van Vaandrager was me niet ontgaan, wat ook precies zijn bedoeling was. Waarschijnlijk hoopte hij dat de gevolgen van zijn woorden zouden zijn dat ik mij nergens meer op mijn gemak zou voelen.

En dat ik als gevolg daarvan – er gebeuren vreemdere dingen op Gods aardbodem – op een dag bij hem zou binnenstappen om mijn hart bij hem uit te storten, onder het motto 'liever de cel dan de hel'.

Maar jammer voor hem was ik ervan overtuigd dat ik van de moordenaar niets te vrezen had, daarvoor kende ik haar goed genoeg. Ze zou wel gek zijn om voor de derde keer het risico te lopen dat ze gepakt werd. Waarom zou ze ook, ze was duidelijk genoeg geweest de laatste keer dat we elkaar spraken. Geen speld tussen te krijgen: 'Het is nauwelijks belangrijk of jij het hebt gedaan of ik, we zitten allebei in de shit als we niet oppassen.'

Wat mij dwarszat en waarvan ik niet kon slapen was dat ik mijn onbevangenheid kwijt was, het gevoel van schijnzekerheid dat niets mij kon gebeuren. Ik wist sinds kort beter dan wie ook dat alles kon gebeuren met iedereen, en dus ook met mij.

Hoe erg het met mij gesteld was, werd duidelijk toen ik vlak na zonsondergang om het vijvertje liep.

Het was schemerdonker, maar op de hogergelegen weg was nog volop verkeer. Meestal waren er meer mensen die om deze tijd hun hond uitlieten, maar deze keer was ik alleen.

Woezel was ergens achter de bosjes verdwenen. De koplampen van passerende auto's wierpen lichtbundels het park in, die de bomen langs het pad schampten en ze gedurende een fractie van een seconde belichtten.

Half achter een van die kortstondig verlichte bomen dacht ik iemand te zien, de bleke streep van een gezicht, snel terugdeinzend voor het licht.

Toen de volgende auto langsreed, zag ik niets bijzonders meer, maar mijn hart klopte in mijn keel, en ik riep Woezel, kwaad en ongeduldig, zodat hij verbaasd kwam aanlopen want hij had toch niets gedaan.

Ik lijnde hem aan, waarmee ik hem een tweede onrecht aandeed, en draaide me om. Dat was zo onrechtvaardig dat hij met de staart tussen z'n poten met mij mee naar huis sjokte.

Aangeslagen en zenuwachtig kwam ik thuis, waar ik mij ineens ook niet meer veilig voelde. Waarom deed ik nooit de voordeur op het nachtslot als ik de deur uitging? Het was toch bekend dat je met een creditcard bijna elk slot open kon doen. Terwijl ik weg was, kon er iemand binnen zijn gekomen die zich verstopt had om pas tevoorschijn te komen als ik in bed lag.

Ik liep de kamers door en controleerde zelfs de lege werkkamer van Pé, waar een overvolle prullenmand en stapels papier tegen de muur nog steeds wachtten om opgeruimd te worden.

Maar toen ik op het punt stond om mij op mijn knieën te laten zakken om onder het bed te kijken, stopte ik mijzelf.

Wie angst toelaat in z'n leven staat aan het begin van een lange eenzame weg, en ik verdomde het om er ook maar één voet op te zetten.

19

Ik overleefde Kerstmis en daarna oudjaar.

Het kwam goed uit dat niemand belde om te vragen of ik misschien alleen was met die hartverwarmende familiedagen, want ik had het ondanks mijzelf gênant gevonden om toe te geven dat mijn vriendenbestand de afgelopen maanden zo uitgedund was dat ik werkelijk niet wist met wie ik de geboortedag van het kindeke kon vieren.

Kerstkaarten kwamen er alleen van bedrijfjes waarvoor ik ooit gewerkt had.

De dubbele kaart van Pé, met de 'Verkondiging aan de herders' van de broertjes Van Limburg op de voorkant, en de binnenkant volgeschreven in zijn houterige handschrift, gooide ik ongelezen weg, nadat ik met een glimlach naar de modieus gekleurde engelenvleugels had gekeken.

Kerstmis in je eentje viel trouwens best mee. Je stak gewoon een kaars aan en je duwde wat rommel die je bij de traiteur had gehaald in de combi.

Genoeg te zien op de televisie, maar van een onbenulligheid waarvan je pas echt een kerstdip kreeg. Dus pakte ik een oude dvd uit de kast en verlustigde mij in de aanblik van Harrison Ford.

Toen ik niet al te laat met Woezel over straat liep, werd er in alle huiskamers nog uitbundig kerst gevierd.

Creatief met lichtjes had in veel voortuinen een hoogtepunt bereikt dit jaar. Kerstmannen op de slee met een rendier ervoor kwam ik het meest tegen, maar het verlichte silhouet van een kerstklok scoorde ook hoog.

Ik vroeg me af waarom ik mij niet ongelukkiger voelde, terwijl ik als het meisje met de zwavelstokjes vanuit de koude nacht naar al die feestvreugde keek. Het was verbazingwekkend dat ik er niet in slaagde een bevredigende graad van zelfmedelijden te bereiken, terwijl daar toch langzamerhand alle reden voor was. Zelfs op oudejaarsavond, toen ik om middernacht met een bevende Woezel in mijn armen het vuurwerkgeweld over mij heen liet gaan, voelde ik mij niet veel anders dan op andere dagen.

Wat bij nader inzien ook kon betekenen dat ik al een hele tijd depressief was, zodat een eenzame kerst daar niet veel meer aan toevoegde.

De datum waarop ik mijn huur moest betalen, naderde weer en op mijn bankafschriften zag ik dat ik zelden zo weinig geld op mijn rekening had gehad. De gouden tijd dat Pé de huur van mij overnam en ook nog een deel van de boodschappen betaalde, was voorbij. De laatste opdrachten had ik een week geleden ingeleverd en er was nog niets nieuws voor in de plaats gekomen.

Ik pakte de telefoon en belde Coen. Waarna ik een paar minuten verbijsterd luisterde naar de toon van een afgesloten nummer.

Oké, tot zover mijn netwerk.

Hoe kwam een mens snel aan geld?

Het enige wat ik kon bedenken was mij aanmelden bij een uitzendbureau. Ik kon met drie vingers tikken, maar meer dan twee zinnen foutloos achter elkaar lukte me niet. Het viel in elk geval te proberen.

Verder zou ik de huur van dit appartement moeten opzeggen om ergens een kamer te huren. Een laptop kon je overal neerzetten, en het maakte mij niet uit als ik ergens aan een keukentafel moest schrijven. Als ik maar iets te schrijven had.

Ik liep naar mijn werkkamer. Zolang ik die luxe had, kon ik er maar beter gebruik van maken.

De map 'literaire thriller' had ik in geen tijden opengemaakt. Nu ik nog eens overlas wat ik toen als idee had opgeschreven, begreep ik niet dat ik er zo tevreden over was.

Terug naar Delfzijl een thriller met Simenon als de schrijver die een moord pleegt. Het zou me niets verbazen als je zoiets helemaal niet zomaar kon doen. Lauwersoog was dan een veiliger keuze dan Delfzijl. En voor alle zekerheid een Engelse schrijver in plaats van een Fransman. Of, om het helemaal op safe te spelen, een hoerenlopende kunstschilder.

Rooie Rita kon blijven, een schilderachtige naam voor een figuur die aan het begin van de roman met gespreide benen en een doorgesneden keel op de nylon sprei met roze roosjes in haar peeskamertje lag.

Niemand zag de figuur met de zwarte flambard die zich in de schaduw van de oude huizen snel verwijderde van het kamertje met het rode lichtje voor het raam. Flambard, of toch maar liever een borselino?

Humphrey Bogard droeg ze; onvergetelijk, die kop onder die hoed.

Ik voelde ineens een overweldigende weerzin bij de gedachte aan al het werk dat voor me lag als ik dit idee werkelijk wilde uitwerken.

God mocht weten hoeveel woorden je getikt moest hebben voordat een uitgever het voldoende vond om er een kaftje omheen te doen.

En dan het onderwerp... als iets langzamerhand mijn neusgaten uitkwam, was het moord.

Landerig veranderde ik de titel in *Terug naar Lauwersoog*.

Het nummer van Coen was nog steeds afgesloten.

Ik dacht echt dat Minka mij zomaar voor een gezellig kopje thee uitnodigde, omdat we elkaar sinds de begrafenis van Vera niet meer gesproken hadden, en omdat zij misschien net zoals ik de bijeenkomsten in De Maegd miste.

Het pleitte voor mij dat ik ondanks alle gebeurtenissen toch nog een vrij optimistische kijk op de dingen had.

Maar wat haar betrof hoorden de vriendinnen en het wekelijkse kroegbezoek kennelijk tot een verleden dat ze had afgesloten.

Ze nam niet eens de moeite om haar grote nieuws in te leiden.

'We gaan verhuizen!' zei ze, over een schaal met stroopwafels en een pot met Lapsang Souchong-thee heen.

Ik was er niet op verdacht. Onzekerheden genoeg in deze periode, maar dat er nog meer mensen om wie ik gaf uit mijn leven konden verdwijnen, was niet in me opgekomen.

'Ik vind het rot om te zeggen, maar voor ons is het fantastisch!' Ze klonk een beetje hijgerig, nu ze aan me zag dat haar mededeling als een vuistslag was aangekomen.

'Roel wordt directeur van een keten van reisbureaus. Het is handiger als we in Alkmaar gaan wonen, waar het hoofdkantoor is. Elke avond thuis, ik kan het niet geloven! Ik ga weer voor een paar dagen per week werken en de kids hebben eindelijk een vader die er elke dag is. En o ja, het beste: we zitten zo'n eind van Roels moeder vandaan dat ze me niet meer elk moment kan laten opdraven.'

Met moeite kreeg ik uit mijn strot dat ik blij was voor haar, terwijl ik dacht aan de jongetjes, die ik nu niet meer zou zien.

Of later misschien, als ik ze een keer met Minka tegenkwam en ze dodelijk gegeneerd hun schouders ophaalden als hun moeder zei dat ik de mevrouw was bij wie ze vroeger op schoot hadden gezeten.

'We moeten dringend op huizenjacht, het speelt allemaal heel snel, dit huis is al bij de makelaar. Heb je het erg druk op het ogenblik, of kun je de komende tijd af en toe een dagje op de kids passen?'

Coen belde toen ik advertenties doorploegde waarin woonruimte te huur werd aangeboden.

Een onvrolijke bezigheid, omdat het mij terugzette in de tijd dat het mij niet hinderde een hospita tegen te komen op weg naar mijn slaapkamer met zithoekje, gedeelde keuken en wc op de gang.

Ik had vriendjes die bij andere meisjes met andere hospita's de kunst hadden geleerd synchroon met de voetstappen van hun vriendin een trap op te lopen.

Gegiechel en orgastisch gekreun gesmoord in het dekbed.

De wereld lag nog voor me open, een cliché dat ik toen als levenswijsheid beschouwde. En nu was ik terug bij af, met ook nog eens een kingsize hond die niets van synchrone voetstappen begreep en blafte als hij geluiden hoorde waarmee hij het niet eens was.

Mijn hart sprong op toen ik de stem van Coen herkende.

'Ik heb geprobeerd je te bellen,' zei ik.

'Ik was aan het verhuizen. De zaak is opgeheven. Te weinig omzet. Klotetijd. Ik werk nu alleen, vanuit huis. Ik dacht, misschien heb jij wel een of andere klus die je niet alleen aankunt.'

'Ik zoek zelf werk.'

'Shit!'

'Ja,' zei ik. En om toch nog een plezierige noot

aan het gesprek toe te voegen: 'Hoe is het met je vrouw?'

'We zijn uit elkaar.'

Het was koud, maar eigenlijk wel lekker toen ik met de jongens naar de speeltuin ging.

Ik had ze van school gehaald, boterhammen en limonade in mijn rugzakje, zodat we meteen door konden.

Minka en Roel werkten vandaag een lijstje huizen af, keuze genoeg, ze werden volgens Minka bijna op handen naar binnen gedragen.

Onze adem kwam als kleine wolkjes uit onze mond, en voor de jongetjes was dat een reden om meteen een wedstrijdje grootste stoomwolk te houden.

Ik keek naar ze terwijl ze op de wip zaten, ik weet niet waarom, maar een tweeling op een wip heeft iets bizars.

Een man die een eindje verderop bij een schommel stond, trok mijn aandacht. Hij duwde een klein meisje met rode laarsjes en een roodblauwe muts voorzichtig heen en weer. Op z'n borst hing zo'n kangoeroezak met een meisjesbaby erin, te oordelen naar het roze mutsje met pompoen.

Hij was al behoorlijk oud, zo te zien, en ik raakte net vertederd omdat ik het zo grappig vond dat tegenwoordig opa's ook al met babies op hun borst liepen, toen hij mijn richting uit keek.

Onze ogen ontmoetten elkaar, en hij verstijfde.

De schommel draaide scheef, het meisje begon luid

te protesteren, maar hij reageerde niet.

Ik staarde terug, naar mijn vader, die het meisje van de schommel tilde zonder naar haar te kijken en met haar aan zijn hand naar mij toe liep alsof hij zijn ogen niet kon geloven, op hetzelfde moment dat de jongetjes van de wip klommen en op mij af renden.

'Ze zijn van een vriendin, pa,' zei ik, nog voordat hij zijn mond open kon doen. Misschien verwachtte hij meer tekst van mij, maar ik wist werkelijk niet wat ik er nog aan moest toevoegen. Dus stonden we elkaar zwijgend aan te kijken totdat het kleine meisje aan zijn arm trok.

'Komen!' zei ze, en hij draaide zich om en liep met haar mee.

Er is iets met schouders, maar misschien is het wel een afwijking van mij dat ik daar vaak meer aan aflees dan aan gezichten.

Die van pa waren niet mis.

Als je ervan doordrongen bent dat je bestaan van een moedeloos makende onbeduidendheid is – altijd november, altijd regen – dan was deze speeltuinscène daar ook nog eens een dieptepunt in.

Dat was ongeveer wat zijn schouders uitstraalden.

En ik kon er niets mee, terwijl ik het misschien wel gewild zou hebben.

Maar tussen mij en een liefdevolle hereniging schoven beelden van duffe zondagmiddagen bij pa op bezoek, verplichte verjaarsbezoekjes aan mijn halfzusjes en stroeve gesprekjes met een vrouw die mij niet interesseerde.

Consequenties die konden voortvloeien uit een opwelling van mededogen.

Dus liet ik het er maar bij.

Ik had vijf kamers bekeken, en elke keer had ik bedacht dat je nog beter je polsen kon doorsnijden dan
een langzame dood te sterven in zo'n rothok met keu-
kenhoek waarvoor ook nog eens een handvol geld gevraagd werd.

Mijn eigen appartement had ik nog niet opgezegd,
ik moest zeker weten dat ik ergens terechtkwam waar
ik me niet al te ellendig zou voelen.

De huurachterstand was de tweede maand ingegaan, maar ik had als trouwe en stipte betaler nog
geen aanmaning ontvangen, al begreep ik dat er grenzen waren aan de lankmoedigheid van mijn huurbaas.

Om zijn geduld niet te tergen keek ik naar advertenties voor simpele jobs waarvoor ik in aanmerking
kon komen.

Vaste oppas voor de kinderen van een werkende
moeder leek me wel iets. Er sprak een ondertoon van
urgentie en wanhoop uit de teksten. Je zult ook maar
in een krant je kinderen moeten aanbieden aan wie
tijd en zin heeft om ervoor te zorgen.

Aan mij zouden ze overigens een goede hebben. Ik
wist waar de speeltuinen zijn, hoe je een kapotgevallen
knie moet verbinden en hoe je ruziënde kinderen uit
elkaar moet halen.

Bovendien kon Minka mij een aanbeveling meege-
ven.

Toen ik haar nummer had ingetoetst, nam Roel op. Dat was toevallig, hij wilde me net bellen, zei hij.

Coen hapte naar adem toen ik het verhaal vertelde van een vriend die directeur van een keten reisbureaus was geworden en met spoed nieuwe brochures nodig had.

Voor mij ging het om een fulltime baan, maar er kwam zoveel werk aan dat ik een medewerker nodig zou hebben.

'Je bedoelt...'

'Natuurlijk. Heb je tijd?'

'Wat dacht je!'

Op 15 februari om halfvijf 's middags belde Pé.

Hij informeerde niet hoe het met mij ging en vroeg niet of ik er zin in had om met hem te gaan eten.

'Ik kom je om halfacht halen,' zei hij, en legde neer.

Het was het soort uitnodiging dat mij wel beviel. Geen overleg in het teken van de werkwoorden 'kunnen' en 'willen', maar een simpele mededeling.

Het interieur van zijn oude Saab was opvallend netjes. Ik had mij erop voorbereid om overal sporen van Alice aan te treffen, zoals ik ook altijd met mijn troep een stempel op zijn auto gedrukt had, maar op de achterbank lagen alleen zijn oude paraplu en een paar Volkskranten.

Hij zweeg de hele rit, en toen ik even snel van opzij naar hem keek, zag ik dat hij in een niet al te best humeur was.

Pas in het Italiaanse tentje bij de Dennenweg waar we in onze goede tijd vaak aten, deed hij zijn mond open.

'Je had in elk geval wel even op mijn uitnodiging kunnen reageren.'

'Uitnodiging?'

'Ga nou niet zeggen dat je mijn kerstkaart niet hebt gekregen, want ik heb 'm zelf in de deur gestopt.'

Ik zag de pastelkleurige engelenvleugels voor me en de regels die ik niet had willen lezen.

'Je hebt mijn kaart gewoon weggeflikkerd?'

Er klonk ongeloof met een vleugje gekwetst ego in zijn stem.

'Ik was niet in de stemming voor briefjes. Sorry.'

'Ik vroeg of je zin had om met Kerstmis te komen eten.'

'Bij jullie.'

'Bij mij.'

'Wonderland exit?'

'Inclusief de hoofdpersoon.'

'Dus kwam ik handig van pas.'

'Zo was het niet bedoeld.'

'Hoe dan?'

'Anders.'

We bestelden vitello tonnato en ossobuco en Pé zocht er de wijn bij uit.

Dus hij was weg bij haar, en als logisch uitvloeisel daarvan zaten we nu tegenover elkaar aan een tafeltje te eten, en dat was maar goed ook want we hadden nu tenminste dingen te doen die een beetje afleidden zodat we elkaar niet hoefden aan te kijken.

Ik had heel wat gefantaseerd over een moment zoals dit. Pé die spijt kreeg. Pé die terugkwam. En o wat was ik blij, in die fantasieën. Ik kon m'n geluk niet op.

'Zeg eens wat,' zei Pé.

Ik haalde mijn schouders op.

'Je stapt in, je rijdt een eindje mee, je stapt uit, je stapt weer in. Ik ben verdomme geen stadsbus.'

Hij lachte. 'Dat heb ik nou het meeste gemist.'

'Ik zal het voor je opschrijven, kun je het nalezen.'

Hij boog zich naar me over.

'Er is heel wat met je gebeurd, terwijl ik er niet was.' Het klonk als een constatering.

'Te veel.'

'Te veel voor wat?'

'Te veel voor alles.'

Hij bleef me afwachtend aankijken.

'Ik weet het niet, Pé. Ik vind het prettig om je weer te zien. Maar verwacht niet dat ik er iets bij voel. Ik ben een beetje afgestompt, het maakt me niet zoveel meer uit.'

Hij legde even zijn hand op de mijne.

'We hebben geen haast,' zei hij.

20

Op de verjaardag van Veer neem ik vrij.

Het is een prachtige dag, en ik herinner mij dat het vorig jaar ook zulk weer was. Een blauwe hemel en de wind die de belofte met zich meedroeg van zoele avonden. Veer had al een beetje te veel gedronken toen ze opendeed, met haar rode koontjes leek ze op een Pools boerinnetje, vanuit de zitkamer klonken de stemmen van Carolien, Minka en Noor.

Meisjes waren we, maar aardige meisjes, als we bij elkaar waren. Als je de flauwekul van ons af pelde, die mallotige preoccupatie met trends en traiteurs, dan bleef er behoorlijk wat leuks over.

Dat vonden wij ook, van onszelf en van de anderen.

Op een avond in De Maegd beloofden we elkaar dat we voor altijd vriendinnen zouden blijven.

'Heren komen en gaan, maar onze vriendschap blijft altijd bestaan.'

Met een brok in onze keel zeiden we dat, want tijdens de glazen witte wijn werd de een na de ander sentimenteel.

We lachten er een beetje bij, omdat het anders te

serieus zou klinken, wat het op dat moment wel was.

En toch is het misgegaan.

En er is niet ene timmerman die de brokken lijmen kan.

Ik heb witte rozen gekocht en ik loop tussen de graven, zoekend naar de plek waar we Veer die middag hebben achtergelaten en waar ik nooit meer terug ben geweest.

Als ik dichterbij kom zie ik dat er iemand over het graf gebukt staat en bloemen neerlegt, een vrouw, tenger in een nauwsluitende zwarte jas.

Ze komt overeind en draait zich om.

Ze is niet veranderd, wat je van mij niet kunt zeggen.

Wat er gebeurd is heeft sporen op mijn gezicht achtergelaten, dat is een van de redenen waardoor ik er iedere dag aan herinnerd word.

Maar Pé vindt dat wel mooi, zegt hij. Hij houdt van doorleefde gezichten, en hij meent het, want soms als ik wakker word ligt hij op zijn elleboog geleund naar mij te kijken.

We staan tegenover elkaar, en zoals ik gewend ben, neemt ze de leiding van het gesprek.

'Wat fijn dat ik je toch nog een keer zie, Tess. Ik had je willen bellen, maar ik denk niet dat je het op prijs had gesteld.'

Ik zwijg.

Ze strekt haar hand uit, alsof ze hem op mijn arm

wil leggen, maar ze trekt hem terug op hetzelfde moment dat ik een stap achteruit doe.

'We gaan op de Antillen wonen. Charles is daar al, ik heb hier de verhuizing geregeld. Aan het einde van de week vlieg ik ook. Nederland exit!'

'Hoe in godsnaam kun je met Veer op je geweten verder leven?' zeg ik.

Ze schudt haar hoofd, en ik herinner mij dat ze dat vaker deed als ik iets zei wat dom op haar overkwam. Alsof ze met een onnozel kind aan tafel zat.

'Arme Tess. Jij geeft ook niet gauw op.'

'Nooit!' zeg ik.

En ik draai me om voordat zij het doet, zodat ik niet hoef te zien hoe ze op haar stiletto's mijn leven uit wandelt.

Epiloog

Vanaf de eerste dag dat ik hem kende, heb ik geweten dat ik Fred nooit voor mij alleen zou hebben.

Waarom hij mij wilde, van alle vrouwen die hij had kunnen krijgen, heb ik nooit begrepen. Maar het maakte mij niet uit. Ik was het met wie hij trouwde en bij wie hij kinderen kreeg.

En bij mij kwam hij na elk avontuurtje weer terug.

Er was een periode waarin ik mijn jaloezie nauwelijks kon bedwingen, en dat was dom, want hij hield er niet van om verantwoording af te leggen. Zijn antwoord op mijn beschuldigingen was het om niet meer bereikbaar te zijn zodra hij de deur uit was.

Later begreep ik dat hij daarmee niet alleen zijn eigen rust verzekerde, maar ook die van mij.

Ik wende eraan om mijn eigen leven te leiden als hij een paar dagen weg was, zonder mij erin te verdiepen waar hij was en met wie.

Het hielp dat ik Vera ontmoette en door haar de andere vriendinnen. Het gaf vrolijkheid aan mijn leven, dat een beetje saai was geworden nadat de jongens niet meer thuis woonden.

Dat het uitgerekend Vera moest zijn...

Het duurde lang voordat ik het kon geloven, maar de feiten waren er: zodra Fred op reis ging, vertrok Vera naar Patricia in Brussel.

Zoiets kan een paar keer gebeuren, toeval zijn, maar ik heb het keer op keer gecontroleerd, het gebeurde te vaak om toevallig te kunnen zijn en ik heb er de juiste conclusie uit getrokken.

Hoeveel zij voor hem betekende, merkte ik toen hij ziek werd.

Hij moest rust nemen, een tijdje thuis blijven, maar hij onderging het als een straf om bij mij te zijn.

Tegen het advies van de huisarts in ging hij door met zijn zakenreisjes.

Is de gedachte toen al in mij opgekomen om haar te vermoorden?

Als dat zo is, ben ik mij daar niet van bewust.

Voor zover ik weet kwam het pas in mij op toen Fred verdween en Vera veranderde in het wrak dat ik zelf had moeten zijn.

Maar ik ben sterk. Niemand heeft mij een traan zien laten, ook niet toen hij begraven werd.

Het was Vera die zichzelf niet meer in bedwang had en hysterisch stond te huilen. Een vrouw die haar minnaar naar het graf draagt.

Mijn zonen stonden naast mij, het bewijs van zijn liefde voor mij, en we keken naar Vera, die alle aandacht trok en door Tess weggeleid moest worden.

De jongens hebben er later met geen woord over

gesproken, ik denk dat ze meer over hun vader wisten dan ik mij gerealiseerd had.

Ik geloof in vergelding. In daden die niet ongestraft mogen blijven. In gerechtigheid.

Aan de rand van Freds graf heb ik mijzelf gezworen dat ik mij zou wreken, en als dat melodramatisch klinkt... het zij zo.

De kans kwam toen Vera het welkom-thuis-partijtje voor mij gaf. Hoe schijnheilig kun je zijn!

Met dat zogenaamd vriendschappelijke gebaar heeft ze mijn laatste aarzeling weggenomen.

Zonder erover na te hoeven denken wist ik dat het moment was aangebroken.

Ik ging vroeg weg, het was al donker, en in een zijlaan van waaruit ik Vera's tuin kon zien, heb ik in de auto gewacht totdat Noor en Tess als laatsten vertrokken.

Veer was verbaasd om mij te zien, maar ze begreep dat ik terug was gekomen om mijn ring te halen die ik in de keuken op de vensterbank had gelegd terwijl ik mijn handen waste.

Een cadeautje van Fred, te dierbaar om het risico te lopen dat er iets mee zou gebeuren.

Ze liep voor mij uit naar de keuken. De gietijzeren steelpan stond nog steeds op het fornuis, wat ik ook had verwacht want ze is niet zo'n opruimer.

Het enige wat mij spijt is dat ze er niets van gemerkt heeft.

Mensen die gestraft worden, moeten weten door wie en waarom, en ik had het haar graag verteld.

Maar het risico was te groot dat ze zich met succes zou verdedigen, ik ben de laatste tijd niet zo sterk meer.

Sinds die avond voel ik mij weer rustig.

Het is goed zo.

Dankwoord

Frans ten Dam, senior rechercheur, en Joop van der Krogt, team-chef opsporing aan bureau Overbosch Den Haag, dank je voor het inzicht in jullie werk dat je mij gegeven hebt!

Doesburg, 20 januari 2006